# Puta Plus

## Perla Gizem

ISBN: 0-9998365-7-9
ISBN-13: 978-0-9998365-7-6

*Lee, sueña, diviértete...*

# TABLA DE CONTENIDO

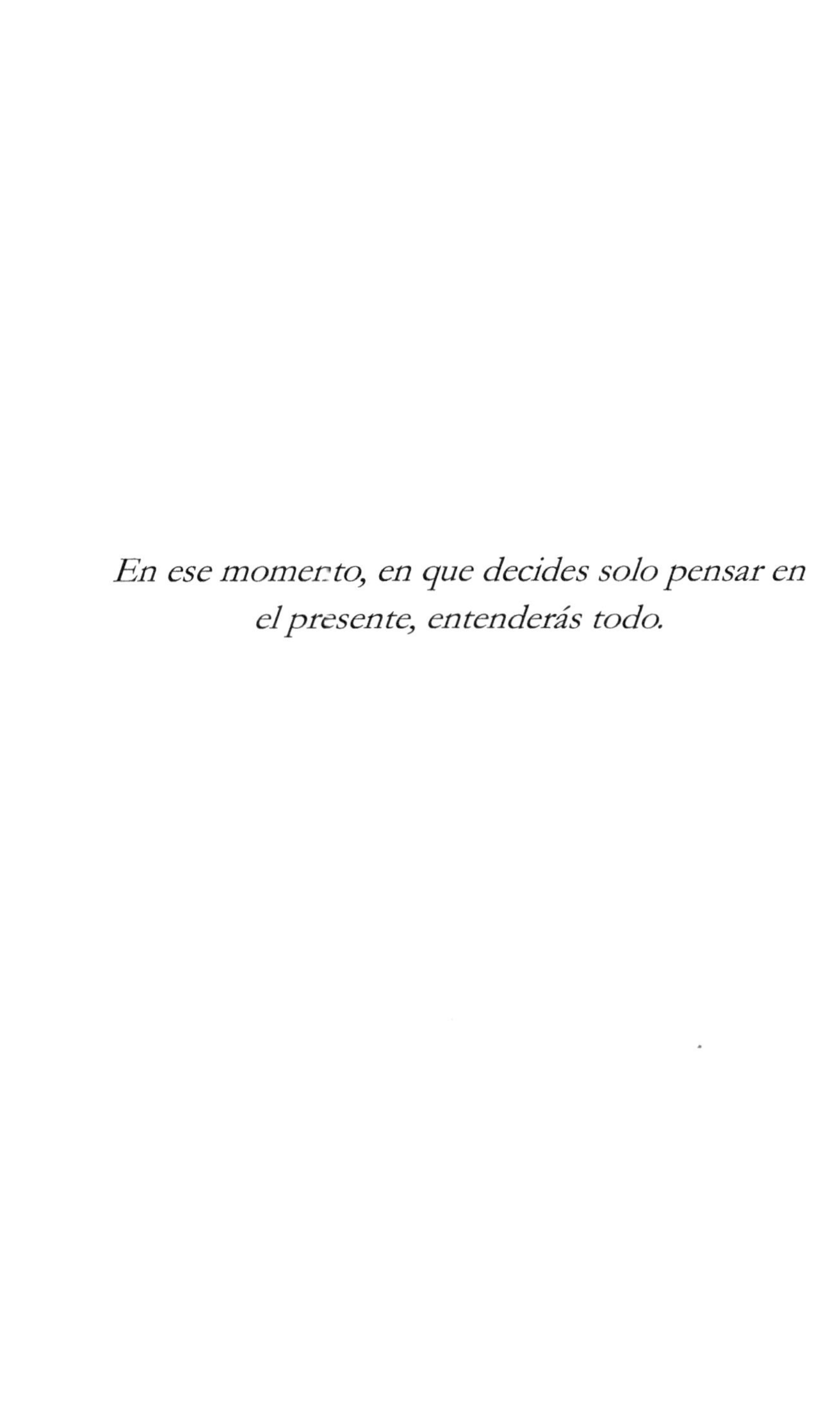

*En ese momento, en que decides solo pensar en
el presente, entenderás todo.*

# 1. NOCHE DE HELADO

La habitación estaba hecha un desastre. El diminuto rectángulo que le servía de recamara parecía haber sido bombardeado con prendas de ropa, zapatos, envoltorios, artículos de higiene personal y maquillaje. La cama, una estructura de madera y hierro con un colchón de una sola plaza, estaba completamente oculta por el revoltijo de blusas, pantalones, vestidos, y hasta corpiños, que había sido apilado encima. El armario, en una esquina del cuartito, estaba casi vacío, pero todavía le quedaban algunos zapatos deportivos y abrigos. Érica ignoró la explosión de cosas y se concentró en su reflejo en el espejo de su peinadora. Era lo único de valor en toda la habitación, una mesa alargada que casi ocupaba la longitud exacta de una de las paredes de la habitación. Era de madera de roble con un barniz artesanal que se le había hecho hacía más años de los que ella misma tenía. La había comprado en una tienda de antigüedades que quedaba cerca de su domicilio y aunque casi se arrepentía de haber gastado tanto dinero, en días como esos se sentía feliz de haberlo hecho. Érica terminó de delinearse el ojo izquierdo y pasó al labial, uno oscuro que le habían regalado en su último cumpleaños, cuando todavía pesaba lo suficiente como para que respirar con facilidad o caminar más de dos cuadras fuese un infierno. Los ojos oscuros que tenía habían dejado de hundirse en su rostro y sus mejillas ya no cubrían la mitad de su rostro. Nunca había pensado que bajar aquella cantidad de kilos fuese posible, pero ese era el último día de su intensivo y la peor parte había terminado. Ana se acercó a ella y se inclinó ante el espejo para terminar de aplicar rímel en el ojo derecho. Se miraron una a la otra, la diferencia ya no era tanta. Érica jamás hubiese imaginado que dejaría de ser la amiga gorda de la relación, ahora pesaban exactamente lo mismo. Por supuesto, había ciertas diferencias. Érica era siete centímetros más bajita que Ana así que los sesenta kilos se le notaban un poco más. No obstante, sus bellezas eran diferentes. La primera era de piel pálida y pecosa, con el cabello castaño claro en rizos rebeldes que comenzaban desde la raíz, la segunda era de piel trigueña, con ojos grandes y una melena gruesa y oscura que dependiendo de la época del año le llegaba hasta la cintura. Ninguna de las dos era una niña, habían dejado de ser las mismas amigas y compañeras de cuarto de la universidad y ahora cada una llevaba a cuestas la experiencia suficiente como para decirse una a la otra (y medio en broma) que estaban viejas. Ana había firmado los papeles de divorcio hacía solo dos meses y estaba afrontando la situación con mejor actitud de lo que su amiga esperaba. Tal vez esa salida, incluso si Ana decía que era para celebrar el fin de la dieta intensiva, era la distracción de que ésta necesitaba después de tan terrible ruptura.

Érica había visto al tipo en una que otra ocasión, no era muy conversador ni muy social, pero Ana afirmaba que era el amor de su vida. No podía imaginarse qué tipo de dolor experimentó ella cuando lo encontró con otro en su misma cama. Érica, con sus treinta y tres años jamás se había enamorado, o por lo menos no más allá de un flechazo en secundaria. Decía que eso era para las mujeres delgadas y bonitas y que si alguna vez algún hombre se acercaba a ella era únicamente para hacerle una broma. Cosa que había comprobado constantemente en sus años de universidad, mucho antes de que Ana fuese asignada a su misma residencia. Por esa misma razón no salía a bares ni a discotecas, no se sentía suficientemente capaz de estar allí sin sentirse acosada y ridiculizada. Por supuesto, todo estaba en su cabeza y todas las personas que la querían se lo repetían constantemente. Ana era una de ellas, sin importar cuán terrible fuese su vida (divorcio, engaño, pérdida de trabajo) era una de las principales animadoras en su vida. Gracias a ella y a su mamá era que había decidido empezar con el programa para bajar de peso, sin importar cuán cuesta arriba fuese. Y lo había sido, había pensado en renunciar tantas veces, que si tuviese un dólar por cada una, fuese millonaria. Pero al final del día, cuando cada tanto se montaba en la escala y veía lo bien que le estaba yendo, se animaba a continuar y a no dejar que sus propios pensamientos la convencieran de lo contrario.

— ¿Qué ocurre?— le preguntó Ana con una sonrisa. Solía fingir esa sonrisa últimamente, lo sabía porque la curvatura de su boca se veía forzada, solo en el final.

— No, nada— se apresuró a responder — Espero estar lista— y dejó salir una risa nerviosa. Hacía casi diez años que no salían de noche, no desde su graduación.

— Lo estás, solo mírate— respondió con entusiasmo y la tomó por los hombros para enderezarla y mostrar su imagen frente al espejo — Te ves hermosa, siempre lo has sido— le dio un beso en la coronilla y avanzó en dirección al baño privado de la habitación.

— Gracias, An— le dijo en voz alta para que la escuchara — No sé qué haría sin ti. No escuchó una respuesta, solo una risilla. Érica no sabía qué hacer cuando eso sucedía, sabía que su amiga había ido al espejo del baño para arreglarse el rímel que justo se había puesto. No podía ni imaginarse por lo que estaba pasando, pero se notaba que lo intentaba, que no quería quedarse atascada en el mismo lugar. En momentos como esos solo deseaba tener el mismo tipo de determinación y fuerza de voluntad.

***

El bar estaba atestado de gente, era el mismo al que iban cuando ella estaba en el último año de la universidad y Ana en el segundo. Nunca habían ido por recomendación o iniciativa de Érica, siempre porque Ana quería ver allí a Samuel, el mismo hombre que muchos años después le rompería el corazón. Ninguna de las dos sabía por qué había escogido ese lugar tan lleno de recuerdos, probablemente porque era de los únicos que quedaban abiertos

3

después de tantos años en una ciudad que parecía casi un pueblo. En la misma cuadra quedaban tres bares más, pero ya los conocían y eran incluso peor que ese. El lugar era un edificio de dos pisos con poca iluminación y una barra empotrada en el medio de la planta baja. Normalmente los lugares junto a la barra estaban llenos y era difícil pedirle algo al cantinero. No obstante, siempre había uno que otro lugar junto a los ventanales que daban a la calle o en la planta alta. Ana y Érica escogieron una mesita para sentarse y después de veinte minutos aproximadamente, una chica con el uniforme del bar apareció para tomarles el pedido. Las dos ya habían comido así que la primera pidió un Whisky y la segunda una copa de vino suave.

— Brindo por este nuevo comienzo para las dos— dijo Ana levantando su vaso de Whisky y Érica la imitó tímidamente con su copa.

— No puedo creer que después de tantos años sigamos aquí— agregó Érica después de haber chocado un recipiente contra el otro, y se encogió de hombros.

— Bueno, significa que es el lugar donde deberíamos estar— replicó Ana tratando de animar el ambiente y seguidamente tomó un sorbo largo de su bebida.

— Solo estoy asombrada, ha pasado mucho tiempo...— la mujer miró en otro dirección distraída y se encontró con un grupo de hombres en una de las mesas grandes en una esquina del local. Desvió la mirada rápidamente y se concentró en el rostro de su amiga.

— Lo sé, estamos viejas— dijo y soltó una carcajada que se escuchó en todo el local. Ella sabía que era el alcohol actuando en ella.

— Yo más que tú...— soltó con simpleza y dejando ver una sonrisa — El tiempo se ha ido volando— y suspiró.

— De verdad que sí, hace diez años nuestra mayor preocupación era conseguir un trabajo después de la graduación y aprobar las últimas materias... Ahora ya tenemos empleos y lugares propios y ninguna vive con sus padres pero...— su voz se apagó allí y pestañeó con violencia negándose a dejar que las lágrimas salieran. Apuró otro trago y en menos de cinco segundos el vaso estaba vacío — Voy a pedir otro ¿Dónde estará la chica?— Ana echó un vistazo en todas direcciones pero solo habían clientes así que decidió bajar las escaleras y pedir su Whisky ella misma en la barra.

Érica se quedó sola en la mesa y sus ojos vagabundearon por el lugar una vez más hasta llegar al grupo de hombres. La última vez que había besado a uno había sido a principio de la carrera, pero de eso hacía ya años. No le había molestado la castidad hasta entonces, pero ahora sentía que los años se la estaban comiendo viva y que si no se arriesgaba ahorita (con sus treinta y tres años de edad) quedaría sola y sin mascotas porque era alérgica al pelo de los animales. Cuando era joven y tenía veinte kilos de más su principal preocupación era que los hombres no la notaran, que nadie se diese cuenta de que ella existía. Ahora, quería que lo hicieran, que se dieran cuenta de que era tan bonita como cualquier otra mujer incluso si no se atrevía a decirlo en voz alta. O por lo menos había sido así desde que hacía dos semanas se había visto al espejo, completamente desnuda, y se había dado cuenta de que ahora sus piernas estaban torneadas y que el abdomen no era una masa gigante de grasa. Podía ver la línea de sus caderas y cómo éstas, se conectaban con su pelvis y su entrepierna. Se estaba descubriendo a ella misma de una manera que no había pensado posible y quería que alguien más lo hiciera también.

No había pasado ni dos minutos cuando se dio cuenta de que la miraban. Uno de los hombres en la mesa de la esquina le dedicaba lo que parecía ser una mirada escrutadora. Érica tragó hondo y se concentró en el ventanal a su lado, daba a la calle y podía divisar a ùlos transeúntes que pasaban de un bar a un otro en medio del frío del otoño. La costumbre dictaminaba que cuando un hombre la miraba de esa manera era porque la consideraba repulsiva (solo era así en su cabeza) y que lo mejor que podía hacer era quitarse de su radar y evitar malos momentos. La conclusión había llegado después de que en los primeros años de su carrera un compañero de clases le gritara en frente de todos los que veían pedagogía I que era demasiado gorda para siquiera acercársela. Érica había llorado por meses la humillación y nunca más se había vuelto a presentar en el salón. Gracias a eso se había retrasado un año en la carrera y también gracias a eso le habían asignado una compañera de habitación nueva que había resultado ser Ana. Así era como una terrible experiencia terminaba en una maravillosa coincidencia. No obstante, el dolor había quedado allí y no sabía cómo reconciliarse con el lado de ella que quería que un hombre la tocara y la deseara.

Volvió a mirar en dirección a la mesa, pero él ya no estaba junto a sus amigos sino a un lado de ella. Tenía el cabello lacio y oscuro peinado hacia un lado, unos ojos verdes intimidantes y usaba una camisa blanca abierta casi a mitad del pecho. Érica no supo que decir ni cómo reaccionar, solo se lo quedó mirando alto e imponente a un lado suyo.

— ¿Está ocupado éste asiento?— preguntó y ella no supo cómo responder y comenzó a balbucear. Él no esperó por una respuesta y tomó el lugar de Ana — ¿Cómo te llamas?— Érica buscó ayuda en todas partes y rogó internamente que su amiga llegara lo más pronto posible.

— É... Érica— tartamudeó.

— ¿Qué estas tomando, Érica?— y se inclinó sobre la mesa sobre los antebrazos.

— Vino... Malbec— logró decir antes de tomar un sorbo largo. Su labial quedó estampado en la copa y él la miró con una sonrisa seductora.

— ¿Eres nueva?— ella negó con la cabeza — Juraría que te he visto antes... pero no aquí— explicó — ¿No vienes muy seguido a este bar, no?— ella repitió el gesto — ¿Te comieron la lengua los ratones?— y soltó una carcajada que inundó el ambiente.

— ¿Cómo... cómo te llamas?— le salió por fin.

— David, mi nombre es David— y volvió a sonreír complacido. Érica tragó hondo y se dio cuenta de lo guapo que era — ¿Tu amiga a dónde se fue?

— Amm... ella solo bajó a pedir un Whisky.

— ¿Cómo se llama?— y la fantasía se le calló al piso. La estaban usando.

— Se llama no es tu maldito problema— le espetó Ana con un vaso de Whisky a medio terminar en la mano.

— Qué agresiva eres— siseó él y se levantó — Me gustan agresivas— soltó y volvió a reír.

—Vuelve con tus amigos, idiota— le ordenó Ana.

—Te lo pierdes...— murmuró por lo bajo y se alejó dos pasos

—Qué lástima que la gordita sea la amigable...— y se terminó de ir.

Sus palabras le cayeron como una bomba en el estómago. Érica no pestañeó, solo retuvo las lágrimas en los ojos, sacó su billetera e hizo oídos sordos a lo que Ana decía. Dejó dinero en la mesa, se levantó y salió disparada hacia las escaleras. Las bajó a toda carrera, mientras la madera de los escalones chirriaba por los golpes de sus tacones. No se detuvo en ningún momento, para ver a ninguna camarera, solo salió lo más rápido que pudo con el abrigo en una mano y la cartera en otra. Sentía el rostro rojo de rabia, dolor y vergüenza. Tanto que ni el aire frío de afuera le pasó apercibido, solo podía pensar en sus palabras, en todo lo que había hecho para llegar allí y cómo un desconocido lo había derrumbado todo. ¿Volvería al inicio? ¿Se comería sus penas? Había un litro de helado en el congelador que tenía más de tres meses olvidado. Tal vez no fuese muy saludable y le echaría a perder el metabolismo, pero qué importaba, sin importar cuánto se esforzase siempre seguiría siendo la gordita. Dejó salir un gruñido de frustración y las lágrimas comenzaron a caer llevándose por delante el maquillaje.

Iba por la segunda cuadra cuando Ana la alcanzó descalza y sin aliento. Faltaban solo cuatro calles más para llegar a su casa y al pote de helado. Su amiga no dijo nada, sino que la rodeó con los brazos y la dejó llorar sobre su vestido mientras la embarraba de delineador, sombra, labial y base. Le dio palmaditas en la espalda y después de unos minutos comenzó a llorar con ella. Por todo, por Samuel, por el tipo del bar, por la sensación de soledad que las hundía a ambas y por cosas que ni siquiera entendían.

— Hoy harás trampa— murmuró Ana — Yo también... no podemos seguir así— Érica no dijo nada sino que ambas comenzaron a caminar en dirección a su casa. Una todavía tenía los zapatos puestos y la otra los llevaba en la mano. Ninguna de las dos se percató del frío ni de la hora, no eran ni las once todavía. Llegaron a la calle donde Érica vivía, pero siguieron de largo en dirección a la tienda de conveniencia que quedaba al final. Era un local alargado y con luces artificiales que, en vez de tener pasillos como un supermercado normal, tenía largas estanterías que se perdían hasta el fondo del lugar. Asimismo, como una pequeña hilera de canastas con dulces de todo tipo en el medio del local. Érica se negó a escoger algo, solo se quedó en la entrada con las carteras y los abrigos mientras su amiga, descalza como estaba, metía la mano en todas las cestas con chocolates, caramelos, gomitas, bombones y galletas. Se llenó las manos con dos de cada uno y lo llevó al mostrador. Regresó a la sección de golosinas y tomó un paquete de papas extra grande y se dirigió después a la pequeña sección de licores. Estuvo tentada a tomar un Whisky, pero sabía que Érica no se lo tomaría así que escogió en cambio una botella de vino dulce y suave. Eso serviría para las dos. Se negó a que Érica pagara nada de eso y pasó la tarjeta de crédito que le había quedado del divorcio y que su ex pagaba todavía. Todo lo pagaría Samuel, dijo. El encargado de la tienda se rio al escucharla y le pasó la tarjeta de crédito con gusto. Era un señor mayor y de rasgos mediterráneos que seguramente había llegado allí en algún punto después de la segunda guerra mundial. Metieron todo en bolsos y se devolvieron por la misma calle hasta llegar a la puerta del pequeño departamento de Érica. Era una casa pequeña que conectaba a casitas idénticas a lado y lado. Parecía una pequeña versión de un chalet con paredes de ladrillo y ventanas altas y largas.

Érica rebuscó en su cartera hasta encontrar las llaves y ambas entraron al recibidor que conectaba con una sala— comedor en frente de una cocina. Se dejó caer agotada en el sillón y trató de ahogar las lágrimas con uno de los almohadones que decoraban el mueble. <No hagas eso, ensuciarás el cojín> la regañó Ana y efectivamente cuando se retiró el objeto del rostro, éste tenía una impresión de su cara. Soltó un quejido y volvió a soltar un par de lágrimas, pero era como si se hubiese secado después de tanto llorar y no sabía qué más hacer. Estaba cansada y decepcionada, eso era todo.

— Hay helado en el congelador— advirtió ella y Ana fue directo a la heladera. Era de chocolate con chispas y tenía tanto tiempo que la parte de afuera se había congelado debido a la escarcha del aparato.

— ¿Cuánto tiempo tiene esto aquí?

— Como seis meses más o menos— soltó sin ánimos.

— Tu entrenadora personal me va a matar porque igual nos lo vamos a comer— replicó ella y buscó dos cucharas en una de las gavetas.

— También hay *syrup* en la nevera, pero no sé si estará ya

vencido— Ana hizo una mueca y abrió el refrigerador.

— No, todavía le quedan como dos semanas— y soltó una risotada — Bueno, también nos lo comemos— lo sacó y lo puso en el mesón junto al resto de la compra — ¿Por qué lo tenías todavía? Pensé que te habían hecho botar todas las porquerías que te pudiesen tentar.

— Si, lo hicieron, pero conservé esas dos cosas por si acaso... tampoco es que pensara que iba a durar mucho con el entrenamiento o la dieta— se encogió de hombros y después de varios segundo tomó el control remoto y encendió la tele — Pon lo que quieras, voy a limpiarme la cara— dijo y fue directo a las escaleras hacia su baño privado. Había otro debajo de las escaleras para los invitados, pero allí no había toallitas desmaquillantes ni removedor.

Se sentía pesada, pero la sensación era distinta a lo que ella recordaba. No le costaba respirar ni avanzar, pero se sentía torpe y lenta debido a su propio estado de ánimo. Seguramente Ana escogería una comedia romántica de esas que tanto odiaba y terminarían llorando y criticando a la protagonista. Tal vez fuese envidia y criticismo, no lo sabía con seguridad. Entró a su baño y se miró hecha un desastre en el espejo, con los ojos negros y las mejillas de varios colores. Tomó unas toallitas y comenzó a retirar poco a poco las capas de maquillaje que se había puesto. Cuando terminó sus pecas aparecieron en el rostro y se dio cuenta de que desde hacía un tiempo ya no las odiaba tanto. En su adolescencia las detestó con gran vehemencia, al punto en que no salía a la calle sin taparlas por lo menos parcialmente. Ahora estaban comenzando a gustarle. Esperaba que fuese así con el resto de su cuerpo, sin importar cuánto se tuviese que matar para no regresar a ser la gordita de hacía seis meses. Le había dicho a Ana que el pote de helado tenía seis meses allí y era cierto, pero no le había dicho que había tirado cinco más cuando comenzó con todo ese proceso. Suponía que había dejado eso por miedo a que su esfuerzo no diese resultado. Sin embargo, lo había hecho.

Una vez tuvo la cara limpia y fresca se sacó el vestido, los zapatos y las medias hasta quedar nada más en ropa interior. Se miró frente al espejo, sus senos habían diezmado debido a la bajada de peso, pero gracias al ejercicio estaban firmes y redondos, no como antes. Se miró el vientre plagado de pequeñas marcas casi imperceptibles, pero que para ella parecía que gritaran. Tenía las piernas más delgadas, pero todavía podía ver la celulitis en sus glúteos y muslos. Había tantas cosas de ella que todavía no le gustaban, sin mencionar el hecho de que en ciertas partes su piel era más flácida que en otras. Se negó a mirarse un segundo más y se metió en su piyama favorita. Tomó otra muda de ropa de la gaveta y se la llevó a Ana. Seguramente también se querría poner algo más cómodo. Salió de la habitación y bajó las escaleras. Su amiga se encontraba sentada frente al televisor con el control en la mano y un puñado de papas en la otra. La imagen le resultó tierna y cómica al mismo tiempo.

— Te traje esto— le dijo y le lanzó el conjunto de la piyama — También arriba hay desmaquillante para que te laves la cara— Ana asintió.

— Están dando esta película, pero es paga ¿Hay algún problema?— Érica terminó de bajar los escalones escandalizada, por alguna razón lo primero que se le vino a la mente fue el título de alguna película porno.

— ¡No vamos a ver porno! Ana— chilló, pero cuando llegó a su lado era solo una comedia romántica relativamente nueva. Su amiga explotó en una carcajada mientras Érica se ponía colorada de pies a cabeza.

— ¿Qué te hizo pensar que iba a escoger una porno?— y siguió riendo — ¡Oh por Dios! Érica— chilló impresionada y comenzó a revisar la actividad de película pagas en su televisor.

— No, no— chilló la otra por igual, tan roja y caliente que

sentía que iba a explotar.

— Ah... no te hagas la santa conmigo— y rio esta vez más fuerte.

— solo se me ocurrió... no sé por qué— explicó sofocada — ¡Dame acá!— y le quitó el control de la mano mientras la otra explotaba de risa — Vamos a ver tu bendita película y ya— bramó avergonzada y pidió la comedia romántica velozmente.

— Bueno, bueno, si después de ésta todavía estás de ánimo puede que veamos alguna— dijo entre risas y llanto.

— ¡Ana! Déjalo ir ¡Por favor!

— Te avergüenzas por nada— le aseguró y tomó la piyama entre los brazos y subió las escaleras a toda carrera.

Érica tomó su teléfono del bolso y se miró en el reflejo de la pantalla. Seguía roja y ofuscada, pero no le duró mucho en cuanto se concentró en lo que su amiga había servido en la mesa. Tenía tanto tiempo sin ver siquiera algo de eso. Su dieta actual consistía en pollo, vegetales, verduras, frutas y barritas de arroz inflado. En la mesa, en cambio, había galletas de chispas de chocolates, barras de chocolate con relleno de dulce de leche, coco o avellana, papas, ositos de goma, galletas saladas con sabor a pizza, palomitas de maíz y la botella de vino que Ana había escogido en el mercadito. Llevó la mano hacia la primera galleta de chispas y se la llevó a la boca. Extrañaba el sabor con locura, pero cuando se la metió a la boca no tuvo el mismo efecto. Tal vez se había desacostumbrado.

— No creas que esto es todos los días, eh!— dijo su amiga bajando las escaleras — Es solo por esta noche ¿Dónde tienes las copas?

— Están en la segunda alacena, arriba de todo— le indicó y Ana fue hasta allá y se montó en uno de los bancos para llegar hasta ellas. Dejó las copas en la mesita frente al televisor y fue hasta el congelador y sacó dos tazones de helado. A Érica se le hizo agua la boca y en cuanto tuvo todo en frente se metió una cucharada de grandes proporciones.

— ¿Está bueno?— Érica asintió con la boca llena.

— Extrañaba el helado, eso sí no cambia.

— El helado de chocolate no cambia— rectifico Ana — Y menos esta marca, es el mejor helado que existe— agregó y se llevó ella también una cucharada a la boca — Demasiado bueno...— y sonrió mientras se acomodaba en el sillón — Veamos la película entonces.

Érica recordaba haber visto el *trailer* de la película en algún momento, pero era todo lo que le venía a la cabeza mientras introducían a los personajes principales. Ni siquiera se había molestado en leer el argumento de la película antes o durante la reproducción de la misma. Cuando de comedias románticas se trataba, siempre dejaba que Ana escogiera. En eso eran muy diferentes, su amiga, a pesar de todo lo ocurrido con Samuel, era una romántica empedernida, mientras que ella misma había dejado de pensar en ese tipo de cosas cuando se dio cuenta de lo irreal que eran los estándares dentro de esos mundos ficticios. No obstante, no le molestaba complacer a su amiga y no recordaba si en algún punto de su amistad le había comentado lo mucho que le desagradaban ese tipo de películas. Y esa, la que estaba siendo reproducida en su televisor, no era mejor que ninguna de las demás que Ana había llegado a escoger durante los años que llevaban conociéndose. Se trataba de un triángulo amoroso en el que la protagonista no sabía si escoger al que obviamente era el amor de su vida u otro pretendiente que había hecho más de la mitad de las cosas que había hecho el primero. Érica no le encontró lógica a la escena final, la protagonista había terminado escogiendo a aquel que le había hecho más daño y había excusado todo el daño que ella misma le había hecho al otro en su falta de amor por él.

Cuando aparecieron los créditos ninguna hizo ningún comentario al respecto. Ana, porque ahora las comedias románticas le producían un malestar en la boca del estómago y Érica, porque no quería criticar tan abiertamente el mal gusto que tenía su amiga en películas. Pasaron solo segundos cuando Érica volteó a ver el rostro de la otra y lo encontró bañado en lágrimas. Era así desde lo ocurrido con Samuel. Soltó una maldición por lo bajo y se acercó a ella con un pañuelo descartable, le secó el rostro lo mejor que pudo.

— Ana, no te voy a dejar escoger la película la próxima vez— ésta intentó responder algo, pero salió un gruñido y quejido inentendible debido al llanto, los mocos y la saliva que se le aglomeraba todo junto — Lo digo en serio, no puedes ser tan masoquista. Te dije que fuéramos a partirle los testículos con un bate y no quisiste... Te dije que lo haría yo sola con la ayuda de mi hermana y tampoco quisiste ¿Por qué prefieres este masoquismo? El tipo era un imbécil y lo descubriste antes de que fuese muy tarde— Ana asintió con la cabeza sin dejar de llorar ruidosamente — ¿Entonces?

— Mi terapeuta dice que la agresión es una manera negativa de liberar mi frustración— aulló finalmente.

— Qué rayos... ¿De cuándo acá tú tienes un terapeuta?

— Es una señora muy agradable... comencé hace poco.

— ¿Hace poco? ¡Te dije lo de castrarlo hace meses!— chilló tomando un cojín y golpeándola con él.

— Me lo dijiste cuando todavía no habíamos firmado los papeles de divorcio, no quería ir presa ni perder la demanda por tu culpa...— su voz se apagó muy lentamente.

— Lo siento...— fue lo único que pudo decir y le pasó el brazo por los hombros.

— De verdad estoy mejorando con Matilde, ella es fantástica...— entrelazó los dedos con nerviosismo — Si no fuese por ella estaría ahorita borracha y en mi casa, encerrada con algún gato que hubiese comprado para llenar el vacío— Érica levantó una ceja impresionada por el escenario.

— ¿Y yo dónde figuro?

— Estarías en la puerta reventándome el timbre porque no querría ver a nadie en semanas.

— Bueno, bendita sea tu terapeuta— exclamó ella.

— Lo sé, te iba a decir para que... no sé... tú sabes que la terapia no es para los locos, pero ayuda hablar con alguien que entiende por qué pasan las cosas.

— ¿Quieres decir que debería buscar una cita con tu terapeuta también no?— la otra asintió con timidez.

— Tal vez no con Matilde porque creo que sus horarios ya están llenos, pero en el centro donde trabaja ella hay varios entre los cuales escoger— Érica suspiró con desgana.

— Lo pensaré ¿Sí?— Ana asintió — Yo también estuve pensándolo, pero nunca me animé... No sé, los psiquiatras me incomodan.

— No irías con un psiquiatra, sino con un psicólogo... nada de drogas— le aseguró.

— Te dije que lo pensaría ¿Sí?— y le torció una sonrisa de consolación — Ahora vamos a ver otra que mañana es domingo.

— No estoy de ánimos para la porno, Érica— soltó Ana y luego dejó escapar una carcajada con gusto. Érica la imitó a modo de burla y volvió a arremeter contra ella con uno de los almohadones.

# 2. BOMBÓNAPP

Era un día caluroso para ser un día de otoño. Érica había terminado de dar clases a su grupo de siete años y había salido a toda carrera para su cita de las tres de la tarde. La escuela donde daba clases quedaba a una buena distancia del centro de psicología y psiquiatría que Ana le había recomendado. Ella misma le había hecho la cita y solo le faltaba presentarse. Habían pasado dos semanas desde que le había prometido considerar la decisión de verse con un especialista y no había cedido hasta que su madre la llamó a la casa y le dejó un mensaje en la contestadora. Nadie sabía mejor que ella cómo ponerle los nervios de punta y hacerla sentir como si su vida fuese una miseria. Por tanto, había decidido que vería al psicólogo que fuese necesario para poder seguir adelante y no enfrascarse más en lo que le estuviese haciendo daño. Llegó diez minutos antes de lo planeado a la parada del autobús, no quería dar la impresión de desesperación así que recorrió despacio la cuadra y media que la separaba del edificio de oficinas y consultorios donde se hallaba su nuevo terapeuta. En un principio, Érica hubiese querido asistir a la misma psicóloga que Ana, pero sus horarios estaban llenos y las horas que tenía disponible no eran las mismas que las suyas. El único psicólogo capaz de atenderla, tanto por el horario como por sus habilidades, era un hombre de apellido Seville. La mujer se negó a ir en cuanto se enteró de que sería un hombre quien la atendiese, no le gustaba la idea de tener a un hombre escuchando sus problemas con otros hombres, o incluso sus inseguridades al respecto. No obstante, Ana le había asegurado que era un hombre mayor y simpático que no tenía nada que envidiarle a su psicóloga. Solo por eso había aceptado.

El edificio era una estructura de a principio de los noventa que le recordaba a un conjunto de apartamentos de esos que había visto en Inglaterra cuando fue por un simposio un año atrás. No era muy moderno, pero tampoco se veía viejo ni descuidado. Estaba recubierto por una pintura granate y se podían apreciar los detalles hechos con ladrillos en las cornisas, y en las ventanas y balcones. Érica entró a un recibidor sencillo y subió unas escaleras empotradas en el medio de la torre, avanzó hasta el cuarto piso como decía la dirección. A diferencia del resto de los pisos, en éste había una sola puerta. Fue hasta ella y tocó un timbrecito que se encontraba a un lado del marco. Esperó un par de segundos e inmediatamente el seguro automático se descorrió con el toque de un interruptor.

El lugar olía a menta y a desinfectante. Constaba con un amplio recibidor y varios cubículos pequeños que se conectaban a través de un pasillo que recorría el piso por entero. Encontró a Ana sentada en una de las sillas leyendo una revista, no se detuvo a saludarla, sino que pasó directo al escritorio que escondía a una muchacha joven y hermosa como secretaria. Se preguntó si sería a propósito, si solo contrataban chicas lindas para el puesto de recepcionista, o si había sido una coincidencia.

— Buen día ¿En qué la puedo ayudar?— la recepcionista tenía un acento extraño que no pudo identificar.

— Buen día, tengo cita con el doctor Seville.

— Nombre, por favor— dijo mientras sacaba de una de las gavetas una agenda de cuero negro.

— Érica Zark— y la muchacha revisó el día correspondiente.

— Su cita comenzará dentro de cinco minutos, por favor espere sentada— y le señaló el área de asientos en donde Ana se encontraba.

— Pensé que estaba llegando muy temprano, pero ya estabas aquí y todo— Ana le regaló una sonrisa apretada en los labios y continuó leyendo. Érica observó las paredes, los cuadros colgados y la alfombra verde navidad en el suelo. No iba a mentirse a sí misma, estaba muy nerviosa y no sabía que esperar de todo eso.

Por alguna extraña razón, Ana se negó a dirigirle la palabra al menos que fuese con frases cortas y monosílabos. No se veía molesta, pero sí distraída e incómoda. Érica se preguntó la razón de aquello, después de todo ella misma había sido la que le había conseguido la cita, no podía ser culpa suya. Se quedó en su sitio mientras se sentía como un estorbo hasta que la voz de la recepcionista cortó el aire y llamó a Ana por su nombre completo. Érica no dijo nada, solo se resignó a darle una mirada de aliento y una sonrisa a medias. Pasaron cinco minutos más de la cuenta cuando un hombre que parecía más un modelo que otra cosa, entró a toda velocidad desde la puerta de entrada. Su piel era morena como el café con leche que se servía por la mañana y tenía rizos castaños en la mitad de la cabeza, mientras los lados estaban rebajados con lo que ella intuía era una máquina para el cabello. Érica estaba sentada cuando él entró, pero sabía que si se levantaba el hombre debería llevarle más o menos veinte centímetros. La recepcionista se paró de su asiento instantáneamente y lo miró con sus ojos grandes y azules. Érica nunca había presenciado una escena tan extraña como aquella, tal vez así era el amor a primera vista para otros, algo que no le sucedía y no le sucedería nunca. No obstante, el hombre y la muchacha se conocían y después de un intercambio de palabras que no pudo distinguir y varios asentimientos de cabeza, el hombre pasó directo, con maletín en mano, a uno de los cubículos. La recepcionista tragó hondo y pestañeó ofuscada. Cuando logró calmarse, la miró aturdida y habló.

— El doctor Seville la verá ahora... Siga por este pasillo hacia el consultorio número 6— Érica asintió y se dirigió a donde le habían dicho. Las paredes eran de un verde agua que le recordaba a un hospital, más al verlas decoradas con pequeños cuadritos naturalistas. Una flor aquí, un paisaje allá, marcos no más grandes que su rostro y hasta que la palma de su mano. Llegó al lugar y leyó "José Seville" en una tablilla pegada a la puerta y "Jairo

Seville" un poco más arriba y debajo del número. Se preguntó si serían familia y la peor de las posibilidades le pasó por la mente. Tocó con los nudillos el material de la puerta y en menos de diez segundos se abrió. La saludó el mismo hombre que había visto tan solo unos segundos atrás y para ella fue como si un yunke le cayera en la cabeza.

— Buenas tardes, Señorita Zark— se corrió para dejarla ver un pequeño consultorio de paredes azuladas y estanterías para libros. Solo había una ventana al final de la habitación, detrás de un escritorio rústico.

— ¿Usted es el doctor Seville?— él la miró confundido y asintió lentamente — Me... Me habían dicho que era un señor mayor— tartamudeó todavía sin entrar al cuartico.

— Ese sería mi padre— respondió con una sonrisa enorme que le enmarcaba unos dientes perfectos y blancos.

— oh... ¿y él no me puede atender?— José apretó una mueca en los labios y todo el entusiasmo se le fue de la cara.

— Tendría que preguntarle a Molly, pero según sé todos sus horarios están ocupados— Érica suspiró decepcionada, no quería verse con un hombre y menos como aquel.

— ¿Y no hay alguien más que me pueda atender?— él asintió.

— Yo, yo la puedo atender— ella se tomó los brazos incómoda.

— Alguien diferente, algún hombre mayor o una mujer... Una mujer sería ideal.

— ¿Qué está buscando, señorita Zark?

— ¿A qué se refiere?

— Qué tipo de ayuda busca— explicó y soltó una risilla nerviosa y casi muda.

— oh... Terapia... Problemas de peso— él la miró sorprendido, pero rápidamente cambió a una cara neutra y profesional.

— Entonces yo puedo ayudarla, nadie más en el centro da ese

tipo de terapia.

— Oh...— soltó ella sin saber qué más decir.

— En todo caso el punto de nuestras sesiones es que usted se encuentre cómoda. No la quiero poner en una situación donde ese no sea el caso— lo vio relajado y honesto. No quería irse de allí con las manos vacías, después de todo era solo para probar — Una sesión nada más...— ofreció él.

***

Érica salió con una sonrisa en los labios del consultorio. No dijo mucho para despedirse, pero le pareció lo correcto y lo más natural. Se acercó al mostrador de recepción y saludó a la muchacha.

— Hola, quisiera programar otra cita para la semana que viene— la chica asintió y buscó el cuaderno.

— Perfecto— la anotó e inmediatamente le indicó el monto de la sesión que había tenido esa tarde.

— Pagaré con tarjeta— le indicó ella y sacó la identificación y el rectángulo de plástico.

— ¿Qué tal?— interrogó Ana detrás de ella. La voz la sorprendió y dio un salto en su lugar — ¿Qué pasó?— parecía que lo que hubiese estado molestándola hacía una hora, ya no estaba. La observó con cautela y luego le respondió.

— Bien, aunque no fue lo que esperaba.

— ¿Cómo así?

— Me hiciste una cita con el terapeuta que no era— le hizo una mueca y continuó — sí, se suponía que era un señor mayor y me la hiciste con el hijo— Ana la miró con los ojos bien abiertos.

— Te juro que no sabía que habían dos Seville— la recepcionista le tendió su identificación junto a la tarjeta y un recibo.

— Eso sería todo, nos vemos la semana que viene— Érica

asintió y caminó junto a su amiga en dirección a la salida. Ninguna dijo mucho hasta que alcanzaron la calle.

— Siento mucho que al final no haya sido la persona que esperabas— Érica se encogió de hombros y esperó unos segundos antes de responder.

— No importa ya, el doctor Seville es bastante bueno y creo que lo prefiero.

— ¿Ah sí?— interrogó sorprendida.

— Sí, pensé que necesitaba a alguien que me dijera lo que necesito hacer... tú sabes, tal cual lo haría un papá...

— ¿Por eso me pediste que fuese alguien mayor?

— Sí, pero ahora me doy cuenta de que prefiero a alguien que me habla como si fuese su amiga. No tengo expectativas que llenar ni metas que cumplir... de hecho creo que voy a hacer algo que nunca pensé que iba a hacer— Se detuvo lentamente hasta que ninguna de las dos se movió más.

— ¿Qué cosa?

— Quiero abrirme una cuenta en una de estas aplicaciones para citas— Ana la miró con los ojos bien abiertos.

— ¿Estás segura? ¿No es un paso muy grande?

— Sí, José dijo algo hoy que me hizo pensar.

— ¿José? ¿Tu psicólogo?

— Sí, me dijo que cuando uno tiene miedo de algo lo mejor que puede hacer es enfrentar el miedo.

— ¿Le comentaste sobre lo de salir con hombres?— Érica negó con la cabeza.

— No, en verdad hablamos más sobre mis padres, pero no quiero esperar una semana para que me diga que es una buena idea— se metió las manos en los bolsillos y reemprendió la marcha — solo piénsalo, Ana, no tiene que ser nada serio, incluso no tengo que conocer a nadie en persona, pero así les voy a perder el miedo a que me llamen gorda y fea.

— Está bien— aceptó ella — si de verdad crees que eso es lo mejor para ti y que no va a causar ningún daño entonces yo te apoyó— la palmeó en la espalda con cariño y le ofreció una sonrisa forzada.

—¿Tú estás bien?— se aventuró a preguntar.

—¿Yo? ¡Sí! Claro— exclamó con un entusiasmo abrupto —Tal vez estoy un poco cansada del trabajo, eso es todo.

—¿Qué te dijo tu terapeuta?

—Voy bien, de verdad que sí... No es fácil... pero voy bien— su voz se fue deshaciendo en el aire hasta encontrar un silencio atronador entre ambas. Érica no quería obligarla a hablar, suficiente con tener a un extraño haciendo preguntas incómodas.

✳✳✳

El sonido de una de las notificaciones la despertó esa mañana. Érica se acomodó el cabello castaño como mejor pudo y asomó la cabeza desde abajo del edredón. La maraña de pelo rizado volvió a caerle sobre la cara hasta que con ambas manos se amarró el cabello dándole vuelta a un mechón alrededor del resto del pelo. Tomó el teléfono y todavía con los ojos medio adormilados, comenzó a leer las conversaciones de la aplicación. Habían pasado dos semanas desde que se creó la cuenta y aunque al principio le había costado acostumbrarse a las insinuaciones de los hombres, ahora se divertía jugando con ellos, mandando y recibiendo fotos, diciéndoles que llevaba puesto y en qué posición le gustaría que la pusieran. Ni siquiera durante su época en la universidad se había divertido tanto, en realidad en ese momento había procurado evitar a los hombres lo más que podía. Ahora tenía conversaciones picantes y se la pasaba imaginándose a sí misma deseada por todos ellos.

—Buen día, hermosa— leyó el primer mensaje. Tenía días hablando con él, era carismático y le preguntaba por su familia y amigos. Su nombre era Raúl y le mandaba fotos del elástico de su ropa interior y de sus abdominales —Soñé contigo anoche.

22

¿Quieres saber qué fue?— Érica sonrió con picardía y respondió.

— Claro, siempre y cuando no omitas ningún detalle— y pasó a la siguiente conversación.

— Es horrible despertar solo, deberías estar aquí— y adjuntaba una foto de él mismo en su cama y sin camisa. Ella se mordió el labio, era tal vez demasiado joven y guapo para ella.

— Creo que deberías ser tú quien esté aquí— respondió ella con malicia y le tomó una foto a su cama.

— ¡Oh por Dios! ¡Sí!— respondió instantáneamente con entusiasmo. Ella soltó una carcajada y pasó a la siguiente conversación.

— ¿Qué tengo que hacer para que salgas conmigo?— nunca había hablado con ese usuario, pero el mensaje le provocó un cosquilleo en la boca del estómago y una sensación fogosa entre las piernas.

— Depende— respondió ella.

— ¿De...?

— ¿De a dónde me quieras llevar?

— Eso no importa... a donde tú quieras vamos.

— No, eso no vale... me gustan las sorpresas.

— ¿Entonces es un sí?— interrogó él.

— Es un puede ser— y le envió una carita picarona.

***

Tenía el corazón en la boca del estómago. La última vez que había salido con alguien había sido en secundaria, y aunque en su momento había pensado que ese sería el amor de su vida, la verdad era que el muchacho solo la había utilizado y botado seguidamente. Después de él había salido muy casualmente con otros tipos, pero nunca había llegado a nada. O por lo menos fue así hasta que en la universidad la idea de tener que afrontar a los

23

hombres le comenzó a producir ansiedad después de aquel altercado. Ana le había dicho que no se preocupara, que no todos los hombres eran imbéciles descomunales, pero le preocupaba que la ilusión de ser deseada por alguien se le desplomara en los pies. Víctor había insistido en salir con ella desde el primer día y debido a su entusiasmo y a su perseverancia, Érica había comenzado a dedicarle su atención solo y exclusivamente a él. Le pedía fotos, le mandaba notas de voz, le hacía pucheros diciéndole que ahora le tocaba estar solo viendo películas por su cuenta. Era gracioso, divertido, y le gustaba de una manera en la que no pensaba que fuese posible otra vez. También le mandaba fotos de sí mismo y aunque a ella no le parecía el hombre más hermoso del mundo, lo compensaba con la manera en que la trataba. Víctor era rubio y de ojos azules, casi tan pálido como ella y según su perfil tan solo un poco más alto. Al principio no le gustaban mucho sus fotos, pero después de la primera semana se comenzó a emocionar con cada una de ellas y pasaba cada rato libre hablando con él y pidiéndole más. Él también le pedía fotos, al principio había comenzado como algo inocente "Muéstrame tus piernas" le había pedido. Y ella muy inocente le había mandado una foto de sus medias. "Me encantan" le había respondido y ella se entusiasmó inmediatamente. "Quiero verte usando algo corto solo para mí" le pidió después y ella buscó sus shorts de deporte y se tomó una foto con ellos. Víctor se volvía loco por eso, decía que le encantaban sus piernas, que lo tenían loco. Y ella le encantaba que se lo dijera, que la hiciera sentir deseada. Había comenzado a tener sueños mojados con él hacía dos días. No se había dado cuenta de ello hasta que despertó y se dio cuenta de lo mucho que le gustaría tenerlo entre las piernas, se acaloraba nada más de pensarlo.

Con esas expectativas le había dicho finalmente que sí. Él había propuesto ir a tomar un helado y pasear por el lado turístico de la ciudad. Ella le había dicho que sí y ahora cargaba un vestido de corazones, unas medias térmicas y un abrigo. Lo había reconocido a la distancia, los vellos de la piel se le erizaron y no supo cómo reaccionar cuando él le dedicó una sonrisa y la besó en la mejilla.

— ¿Cómo estás?— interrogó él y se metió ambas manos en los bolsillos del abrigo — ¿Te fue difícil llegar?— ella negó con la cabeza y le sonrió tímidamente — Qué bonita eres— le dijo casi sin querer y ella lo miró sorprendido y luego desvió su atención a cualquier otro punto — Entonces ¿Helado?— la última vez que había comido había sido aquella noche con Ana, hacía más de un mes. Después de ese atracón de dulces, helados y vino, había retomado la dieta intensiva y vivía a base de una dieta estricta. Seguía más o menos en el mismo peso, tal vez unos dos kilos menos, pero no se sentía gorda ni miserable como aquella noche.

— Sí, me parece bien— él asintió y caminaron en silencio hasta llegar a una heladería casi vacía.

— Que extraño— dijo él.

— ¿A qué te refieres?

— Pensé que por ser sábado habría más gente.

— Oh...— soltó ella y revisó el lugar, solo había otra pareja más — Supongo que en días fríos el helado no es muy popular— él se encogió de hombros y se acercó al mostrador. Pidió por ambos y pagó. Érica nunca se había sentido tan deslumbrada, y dentro de sí le preocupaba un poco.

La heladería era un local pequeño de cuatro mesas y paredes azules y blancas. Tenía un pequeño exhibidor con una tradicional variedad de sabores y golosinas para combinar. Solo había un vendedor y era un muchacho joven con acné en el rostro y un uniforme ridículo. Se sentaron en la mesa más apartada y Érica intentó comerse el helado sin vomitar por los nervios. Una cosa era hablar con hombres por teléfono y otra muy diferente, y mucho más aterradora, era salir con uno en persona.

— Me dijiste que eres maestra de niños. ¿Qué tal es el trabajo?— interrogó él.

— Es bastante intenso, no te voy a mentir— y soltó una risilla nerviosa — Pero gracias a Dios mis niños son todos muy tranquilos, no tengo que hacer mucho— se encogió de hombros y se concentró en el helado.

— Y ¿Tienes algún gusto en música?— preguntó mientras la miraba lamer la bola de helado.

— Últimamente escucho lo que sea, antes era más importante, pero éste año poco he pensado en eso.

— ¿Y qué escuchas?— insistió él.

— instrumentales, pop, indie... un poco de todo— volvió a aclarar ella.

— ¿Sí? ¿Tienes alguna banda favorita?

— En realidad tengo varias, pero a mi edad ya no me preocupa mucho a qué artistas escucho.

— Claro, entiendo— le sonrió y siguió comiendo su helado.

La heladería era cálida y acogedora, mientras que afuera las nubes se acumulaban para dar paso a lluvias torrenciales. Cuando salieron de la heladería, haciendo bromas y riendo por lo bajo como un par de adolescentes, las primeras gotas caían frías y heladas. Él la tomó por la mano y a ella se le detuvo el corazón, la guio por varias calles hasta que finalmente el frío era demasiado y necesitaron tomar resguardo. Víctor había aparcado en una calle desolada cerca del puerto y cuando las gotas se hicieron gruesas e insoportables, ya estaban dentro del auto. "¿Quieres escuchar algo de música?" Preguntó y ella asintió. El corazón le latía a mil por hora. Lo miró desde su asiento mientras él escogía una lista de reproducción en su teléfono. Tenía su nombre como título y ella no pudo evitar sonreír. La primera canción inundó el espacio y Érica la encontró agradable a su oído. Él volvió a tomar su mano y le acarició los nudillos y el dorso con pequeños movimientos circulares. Ella casi no podía respirar de la emoción, pero se contuvo mientras lo observaba. Se preguntó si hubiese sido una mejor idea sentarse en la parte trasera, pero él en ningún momento lo ofreció. Pasaron dos canciones más y lo escuchó cantar apasionado para luego verlo llevarse su mano a la boca y besarle los dedos con suma delicadeza. Nadie nunca la había tratado así y ella dio un respingo ante el gesto. Ella intentó ignorar su reacción y le apretó la mano y le ofreció una sonrisa amistosa. Víctor soltó una risilla y llevó una de sus manos a su rostro, le tocó las mejillas y la comisura de los labios. Pasó el dedo índice por todo el labio inferior y se acercó a ella por instinto, Érica lo imitó hasta que solo quedaron tres centímetros de distancia entre ambos. Olía a helado, colonia y loción para afeitar. No supo en qué momento él acortó el trecho que quedaba y sus labios quedaron sobre los suyos. No era un beso dulce ni tierno, era un beso con hambre y deseo y eso solo hizo que a ella le explotara cada célula en el cuerpo. Se inclinó más hacia él apoyándose en una mano, tocó algo blando y él dejó escapar un resoplido de dolor y placer al mismo tiempo. Ella abrió los ojos asustada y se separó de inmediato, tenía su mano sobre el pene del hombre que rápidamente se había erguido dentro del pantalón. Éste se arqueaba hacia un lado, justo en el que ella había puesto la mano.

— ¡Oh por Dios!— exclamó ella y él soltó una carcajada — Lo siento mucho— Él no dijo nada sino que la tomó por la mano y la volvió a llevar al mismo lugar.

— A él no le molesta siempre y cuando no lo hagas con mucha fuerza— ella se sintió enrojecer con violencia, pero él no dejó que se entretuviera y la volvió a besar. Le abrió la boca con avidez y jugó con su lengua. Él sabía a vainilla y chocolate, y se le sentía la lujuria en la boca. Lo sintió alejarse un poco hasta que algo hizo clic y sus labios se alejaron de un tirón. Había corrido el asiento lo suficiente como para que él quedara lejos del volante.

La tomó por la cintura y la invitó a auparse por encima de él. Ella todavía cargaba el abrigo encima y se sentía más torpe y pesada de lo normal. Víctor era un hombre, aunque no muy alto, de gran contextura. Por segundos Érica pensó que lo aplastaría y luego recordó que ahora era mucho más liviana y que él era lo suficientemente grande. Él la movió a su antojo, y ella por primera vez en su vida, se sintió como una muñeca entre sus brazos. Víctor le recorría cada centímetro que podía, curioseaba cada rincón que encontraba. Sus manos eran grandes y cálidas, y hacía que fácilmente Érica perdiera la compostura. Le masajeaba el trasero con movimientos grandes y circulares, lo apretaba y resoplaba mientras la excitación aumentaba. Le besaba y lamía el cuello y ella no podía evitar gemir y resollar mientras su entrepierna se iba mojando cada vez más. No supo en qué momento Víctor le quitó el abrigo o incluso llegó a sacarla el vestido hasta la mitad, se dio cuenta de lo que ocurría cuando la prenda le cubría nada más de la cintura para abajo y él se aventuraba con su boca por el primer pezón. Sintió la presión en el pecho y el cosquilleo que le invadía el cuerpo entero, soltó un gemido casi inaudible y él aumentó la presión hasta que ella comenzó a hacer sonidos más fuertes. Se agarró a la puerta del auto y apretó en busca de desahogo, su otra mano fue a la espalda de él e hizo lo mismo. Víctor la rodeó con sus brazos y se concentró en el broche del *brassiere*, lo desató y éste le cayó sobre los brazos. Ella se deshizo de él con dos movimientos y rodeó al hombre por cuello mientras él le apreciaba los senos, la caída, la manera en que la curvatura se convertía en una línea recta antes de llegar al pezón. Sus senos eran llenos y firmes, y tenían la punta erecta y enrojecida, allí donde él la había chupado con deseo. La besó alrededor de los pechos y en el cuello. Le acarició el final de la espalda hasta llegar al borde de las medias y metió la mano para sentir mejor sus glúteos. Ella intentó parar de temblar bajo su agarre, pero le fue imposible. Él la intentó calmar mientras le bajaba tanto las calzas como la ropa interior hasta la rodilla. Le tocó el sexo solo para tantearla y ella apretó las nalgas y los muslos mientras se ponía tensa y nerviosa. Él la acalló entre resuellos y besos, hasta que después de varios segundos Érica logró sentirse cómoda debajo de sus dedos. Víctor continuó profundizando entre sus labios inferiores mientras le acariciaba el paladar con su lengua. Ella comenzó a moverse rítmicamente, de adelante hacia atrás, como si le enseñara cómo debía tocarla para que ella fuese capaz de sentir más placer. Él obedeció ansioso y bajó la velocidad con la que frotaba sus dedos en contra de su vagina. Mientras más experto se hacía, ella más le gemía en la boca y él más excitado se encontraba. Ella buscó los botones del pantalón con desesperación y cuando logró desabrocharlo y meter la mano por debajo del elástico, se encontró con el miembro duro y excitado. Ella lo acarició y él tembló debajo de ella. Se sentía poderosa, capaz. Habían pasado años desde la última vez que había pensado en algo como tener relaciones sexuales. Él la levantó junto a su cuerpo hasta que ella logró sacarle por completo los pantalones y la ropa interior. La tomó por las caderas y trató de posicionarla lo mejor que pudo. Ella abrió las piernas lo mejor que pudo y arqueó la espalda lo suficiente como para que su vagina quedara en el lugar correcto. Él, sin separar su boca de la de ella, le dijo "Así..." y tomó su mano y la guio para que tomara su miembro y lo ayudara a entrar como debía. Ella obedeció y sintió cómo la penetraba. Se quedó inmóvil, concentrándose en la sensación de tener a alguien nuevo dentro de ella. Él la tomó por las caderas y la ayudó a moverse de arriba a abajo. Sus bocas se separaron y ella lo escuchó resollar mientras ella rebotaba encima de él y gemía tan sonoramente que de seguro alguien afuera la podía escuchar. El orgasmo le llegó primero, pero continuó con él dentro de ella hasta que lo sintió acabar e inundarla por dentro. Se pegó a él y buscó sus labios, él le acarició el cabello y agotado la rodeó con sus brazos hasta que ninguno hizo nada más que quedarse allí, uno pegado al otro.

***

— ¿Todavía no le has contado a tu terapeuta sobre Víctor?— interrogó Ana mientras bajaban las escaleras del edificio donde ambas veían terapia.

— No es nada serio, no me parece que sea necesario...

— ¿Quién lo dice? ¿Tú o él?— intervino y ambas tomaron la calle.

— Los dos, estamos bien como estamos— se cruzó de hombros y se concentró en el camino.

— No digo que estén mal... de hecho no importa qué tipo de relación tengan, debes decirle a tu terapeuta— aconsejó irritada.

— No me digas que tú le cuentas absolutamente todo a tu psicóloga.

— No, obvio que no. Pero hay cosas que son necesarias comentarlas, así sea de lo más casual.

— Está bien, está bien, pero por el momento prefiero tomármelo con calma.

—José no es tu papá, Érica. No es que le vas a contar cuando te proponga matrimonio. Es tu terapeuta y para hacer su trabajo necesita conocer tu vida emocional.

— ¡Ok!— exclamó ella molesta — ¿Puedes cortar el tema por un segundo?

— Luego no digas que no te advertí— soltó Ana con rencor — Voy a cruzar la calle... procura seguir viva para la próxima sesión— dijo con amargura y se despidió abruptamente.

Había pasado más de un mes desde que ella y Víctor habían comenzado a tener sexo casual. Se parecía mucho a tener una relación, pero todas sus interacciones giraban alrededor de encontrarse en algún lugar privado y hacerlo. Al principio, Ana se había emocionado por ella, pero ahora parecía que nada la emocionaba. Por lo que fuese que estuviese pasando, y que obviamente solo lo hablaba con su psicóloga, estaba afectando el resto de las áreas de su vida. ¿Tendría algo que ver con Samuel? Con ella solía ser así, pero Ana juraba y perjuraba que había dejado a ese hombre en el pasado, incluso si solo habían pasado un par de meses desde el divorcio. Érica no quería amargarse la vida con eso, estaba disfrutando finalmente tener a alguien que la abrazara por las noches y le escribiera sobre la piel. Además, le encantaba que cada vez que se veían, aunque bastante clandestino, intentaran cosas nuevas. Todavía seguía adolorida después de que la hiciera apoyarse sobre sus hombros y levantarse por completo. Una vez así él la había sostenido lo suficiente como para espolearla un par de veces. No obstante, el dolor había valido la pena, tan solo esa vez había tenido más de tres orgasmos. Había quedado tan pero tan cansada que al siguiente día no podía ni escribir en el pizarrón.

# 3. LÁGRIMAS DE CHOCOLATE

Esa era tal vez la tercera vez que lo hacían esa noche. Había comenzado entre risas y toqueteos, y en cuestión de segundos se había convertido en pasión. Cuando lo hacían en una cama a Érica le gustaba que las luces estuvieran apagadas. De esa manera sentía que Víctor no era capaz de ver las estrías en sus glúteos y abdomen. Se había dado cuenta de que la celulitis no le molestaba tanto como aquellas finas y pequeñas líneas que le plagaban la piel como animalitos descontrolados. La primera vez que habían terminado en su apartamento él insistió en desnudarla con la luz encendida, pero ella se negó y él no insistió. Eso sí, en la oscuridad él le recorría cada parte de la piel. Le masajeaba las pantorrillas, los muslos, las nalgas, la apretaba contra sí y luchaba con la ropa para poder sentirla mejor. Le acariciaba el vientre, la espalda, los hombros y los senos, jugaba con sus pezones una vez se deshacía del corpiño y se los metía a la boca con hambre y lujuria. Érica no era una amante silenciosa, casi todo era nuevo para ella y las sensaciones la hacían gemir y resollar con facilidad. Él disfrutaba del espectáculo, de tenerla encima de sí y poderla acoger entre sus brazos.

Esta vez no hubo necesidad de quitarle la ropa, había quedado desnuda después de hacerle el amor una segunda vez. Se apoyó en uno de sus brazos mientras ella quedaba debajo de él, le tocó el vientre, la cintura. Le apretó los pechos y ella le gimió en la boca, se deshacía cada vez que él la tocaba allí. Tomó su mano entre la suya y la guio para que se diera cuenta de la dureza de su miembro. Ella lo acarició y fue desde la punta hasta los testículos, levantó uno y después el otro. Él intentó mantener la compostura, pero le fue imposible e incrementó la pasión de sus besos. Empujó su lengua contra la suya y luego las entrelazó con lujuria. La tomó por la cintura y haciendo un esfuerzo los cambió de posición. Érica quedó encima de él y dio un respingo cuando se dio cuenta de que tal vez lo podría aplastar. Él no se quejó, sino que la agarró por los glúteos y luego por las nalgas, haciendo presión para que ambos genitales quedasen más cercas uno del otro. Ella le abrió las piernas, deseosa, sin importar que la zona ya estuviese sensible después de todas las veces en las que él la había penetrado. Se aferró a él con los muslos, tenía un pecho amplio y velludo, pero a ella no le importó. Víctor introdujo sus dedos entre sus nalgas y las masajeó con ansias. Ella comenzó a moverse rítmicamente encima de él y él intentó rodarla hasta quedar encima de ella, pero el esfuerzo físico que había hecho con anterioridad no lo dejó. Lo volvió a intentar y ella se dio cuenta a tiempo como para moverse por su cuenta, dejándolo encima de ella. Sintió su pene entre las piernas antes de lo esperado y levantó la pelvis para que entrara lo mejor posible. Ella dejó de abrazarlo para aferrarse a las sábanas de su cama cuando lo sintió dentro de ella por primera vez. Él no se movió, sino que se mantuvo dentro de ella un rato antes de tomar sus piernas y desamarrarse de ellas. Se giró a la izquierda y ella sintió el movimiento dentro de ella. Gimió por el placer tan sonoramente que se preguntó si en el apartamento de al lado la habrían escuchado. Él siguió moviéndose hasta quedar completamente al revés. Intentó meterse un poco más dentro de ella, pero se había terminado el camino. Ella se aferró a sus nalgas y las apretó entre sus dedos mientras experimentaba el cosquilleo de siempre y se le nublaba la vista. Tenía los dedos de los pies apretados cuando él terminó de dar la vuelta y se encontró con su rostro transpirado. Él salió de ella, pero no la besó ni le acarició el rostro como solía hacerlo. No obstante, Érica poco se dio cuenta mientras se hundía en un espesor de agotamiento y placer.

Cuando volvió a abrir los ojos, se encontraba sola en su habitación. Tenía el cuerpo frío por el sudor y la brisa que entraba por la única ventana de la habitación. Se estiró sobre el colchón en busca de su amante, incluso sabiendo que no estaría allí. Víctor siempre se iba antes de que comenzara un nuevo día y aunque le encantaba la manera en que la tocaba y la dejaba después de hacer el amor. La sensación de vacío que quedaba cuando él ya no estaba en su cama era abrumadora. Tal vez Ana tenía razón. Se hizo un ovillo entre las sábanas y trató de volver a dormir. Sin embargo, lo único en lo que podía pensar era en qué le iba a decir a José.

***

Érica sintió todo el peso del reloj que había sobre la pared. Lo había escuchado antes, pero solo en esa sesión se había percatado de lo molesto y agobiante que era. El Dr. Seville continuó hablando, pero sus palabras eran apagadas por el incesante sonido del aparato. Ella intentó concentrarse, pero sus ojos vagabundeaban por cualquier lugar de la habitación. Cuando volvió en sí, José no estaba hablando, sino que la miraba con curiosidad.

—¿Está todo bien?— ella lo miró perpleja, pestañeó un par de veces y luego tragó hondo —¿Hay algo que quieras decirme?— Érica asintió con la cabeza, pero tenía las palabras atoradas en la garganta —¿Qué ocurre?— el hombre se acomodó en su asiento y esperó.
—No he sido totalmente honesta con usted— él la miró confundida —Hace unas semanas me preguntó cómo me sentía con mi vida amorosa y yo le dije que bien, que no había nadie y que era mejor así— él asintió, pero no dijo nada —Es que...— dejó escapar el aire que estaba reteniendo y las lágrimas le quemaron la visión —Yo no... yo no sabía qué iba a decirme sobre salir con alguien...— la voz se le cortó y no pudo continuar.
—Érica, yo sé que estás acostumbrada a tener que ocultar cosas a personas que consideras figuras de autoridad, y aunque me siento alagado porque me consideres así, yo no soy una. No estoy aquí para determinar qué está bien o mal con tu vida. Mi trabajo es ayudarte a conseguir los mejores resultados en todas las áreas de tu vida.
—Lo sé, lo sé— se apresuró a responder —Es la costumbre.

34

—Muy bien... ¿Entonces? ¿Cómo es él?

—Él es bueno conmigo...— y no supo que otra cosa decir que no la enrojeciera.

—¿Qué consideras como "ser bueno"?

—No me hace sentir mal conmigo misma, me invita a salir— Érica sabía cómo sonaba todo eso.

—¿Qué esperas de una relación amorosa, Érica?

—Yo... yo no sé— balbuceó y se encogió de hombros.

—Sé que suena a interrogatorio, pero dime ¿has tenido otras relaciones de pareja?— ella se apresuró a asentir.

—Estaba en secundaria cuando eso, aunque no sé si llamarlo una relación de pareja.

—¿Cómo así?

—Todo fue muy en secreto, muy oculto y solo nos veíamos cuando él quería algo más— José asintió con la cabeza.

—¿Y consideras que eso es normal en una relación?— Érica abrió la boca para decir algo, pero no supo qué.

—O sea no, pero es el único referente que tengo.

—Entiendo ¿Y con este hombre es diferente?— ella lo pensó bien. Era diferente en cierto modo, pero no sabía en cuáles.

—No lo sé, mis estándares son diferentes.

—¿A qué te refieres con estándares? ¿Buscas menos después de lo que pasó la última vez?

—Ammm...— no supo qué responder —Cuando era joven buscaba al amor de mi vida, ahora no estoy segura de que eso exista— él la miró sin ninguna expresión en su rostro y asintió.

—¿Crees que hay algo malo con buscar el amor de tu vida? O bueno, con la idea de que exista el amor de tu vida.

—Sí, tal vez sea eso. Ahora que soy mayor, me doy cuenta de que es una idea muy optimista ¿No?

—¿Exactamente a qué te refieres?

—Es decir, yo tengo treinta y tres años y probablemente viva unos cuarenta o cincuenta años más a lo mucho ¿Dónde estuvo el amor de mi vida todo este tiempo? Porque se ha perdido una gran cantidad de años.

—Ah ya veo— asintió él —¿Entonces? ¿No tienes expectativas con este hombre?— ella negó con la cabeza —Bueno, si no esperas nada de él cómo sabes qué es bueno contigo— interrogó él.

—Por lo que le dije, no me hace sentir mal conmigo misma.

—Eso está muy bien, no debes permitir en tu vida que nadie te haga sentir mal contigo misma, pero ¿has considerado que tu visión se vea afectada por cómo te hicieron sentir otros hombres en tu vida? Me explico, que alguien no sea malo contigo no significa que sea bueno— ella asintió con la cabeza y apretó los labios en una mueca.

—Pero como no quiero nada de él...— su voz se fue apagando hasta ser solo un murmullo.

—Claro, eso está muy bien. Las expectativas nos suelen dañar los momentos incluso si es imposible no tenerlas, así sean muy mínimas.

—Sí, por eso trato de no tenerlas— aceptó ella.

—Me dijiste que te hace sentir bien, ¿no?. ¿Con respecto a qué?

—Me hace sentir bien conmigo misma ¿bonita quizás?

—Y eso es algo que tu ex no te hizo sentir ¿no?

—No lo sé, fue hace demasiado tiempo y creo que en ese momento no veía que me estaba lastimando.

—¿En qué momento te empezaste a dar cuenta de que él te hacía daño? ¿Durante la relación o cuando ya terminaron?

—Mucho después de haber terminado... yo estaba enamorada, creo— José asintió y anotó algo en su libreta.

—¿Y estás enamorada ahora?

—No, no, por supuesto que no.

—¿Quisieras estarlo en algún punto?

—No... no lo sé— balbuceó.

—¿Quieres saber a lo que quiero llegar?— ella asintió —Hay personas en este mundo cuyo sueño es casarse y tener hijos, hay otras cuyo sueño es viajar por el mundo. Dime ¿cuál consideras que es la correcta?— ella negó con la cabeza —Exacto, no puedes decirle a alguien que sus sueños están mal o que carecen de validez. No hay sueños mejores que otros. Ahora... no estoy diciendo que tu sueño sea enamorarte, pero si es algo que te gustaría para ti, que quisieras que te pasara. ¿Entonces por qué negártelo a ti misma por lo que otros piensen? ¿crees que está mal enamorarse?

—Siento que la respuesta es no, pero al mismo tiempo no quiero ser tan ingenua.

—¿Por qué crees que eso es ser ingenua?

—Porque hoy en día nadie busca enamorarse, buscan encamarse hasta que la otra persona no te dé el placer que estás buscando.

—¿Y crees que este hombre es así?— ella se encogió de hombros —El placer no está mal, es parte de toda relación saludable y cuando estás en la cama con tu pareja lo más natural es que ambos busquen placer tanto para uno como para el otro. Ambos te proporcionan satisfacción. No obstante, el sexo y el placer es una parte complementaria de la pareja— Érica no dijo nada. Solía ser así cada vez que su mamá la regañaba —¿Qué ocurre?

—Dijo que no es mi mamá, pero suena como ella— él le regaló una mirada condescendiente y apretó una sonrisa.

—Lo siento... No te estoy diciendo que si quieres a alguien para pasar el rato está mal, te digo que basar una relación en un solo punto como el sexo produce efectos colaterales. Mi trabajo como tu terapeuta es mostrarte el camino más adecuado para que lleves una vida emocional saludable. Así como tu nutricionista te dice qué comidas te hacen bien o mal, qué dieta te conviene más, etcétera. Así yo te digo qué dieta emocional, por así decirlo, te puede beneficiar o perjudicar ¿Me explico?

—¿Qué hago entonces?

—Eso depende ¿qué quieres hacer?

—Pero me dijo...— y se calló abruptamente —¿Qué pasa si lo que quiero es encamarme con el sujeto?

—¿Es lo que quieres?— interrogó sin mirarla al rostro.

—No lo sé, me gusta cómo me hace sentir— trató de justificarse.

—¿Te refieres a dentro de la cama?— ella asintió —¿No tienes ninguna inseguridad con él?

—eh...— tartamudeó —por supuesto, pero de resto se me olvida.

—¿Y fuera de la cama? Me dijiste que te invitaba a salir ¿Van a algún lugar en particular?

—Sí, sí, salimos a comer— él la miró con sospecha.

—¿Sabe que tienes una dieta especial, que estás haciendo progresos en tu vida?

—No le he dicho todavía— él asintió con la cabeza.

—Y ¿de qué hablan?

—De lo que sea— dijo restándole importancia —¿por qué me interroga?

—A ver...— se acomodó en su asiento —Soy tu terapeuta, tengo que saber por lo que estás pasando para ayudarte. Yo me baso en hechos y por eso trato de conocerlos primero antes de aplicar alguna solución. ¿Tienes a alguien tóxico en tu vida? Te recomendaré que lo saques ¿Problemas con tu mamá? Hay que resolverlos. Y cada vez para determinar lo que ocurre con exactitud te he preguntado. Ahora necesito hacer lo mismo, pero con este tema te cuesta más abrirte. Poco hemos tocado tu vida amorosa y cómo eso se ha visto afectado por tu peso anterior, y hasta incluso por el peso que tienes ahora y con el que no estás conforme. ¿Me entiendes?— ella aceptó —Entonces... Si te pregunto por cómo es y cómo te trata es para saber cómo lo procesas tú. Si de verdad es saludable para ti estar dentro de esa relación o no. Porque a pesar de que me dijiste que tal vez solo te quieres encamar con él, sé que si fuese así no me lo hubieses traído a terapia como un problema. Si de verdad él no te importara, no habría que mencionarlo en terapia— ella lo pensó por un par de segundos.

—¿Qué cree que ocurre entonces?

—Creo que buscas más de lo que quieres dejar ver, pero que tienes miedo de arruinarlo— ella asintió —Lo que te aconsejo es que lo hables con él entonces, tal vez él crea que sexo es todo lo que quieres y sea todo lo que te proponga, tal vez es todo lo que él quiere. En todo caso, si la opción es la segunda entonces o evalúas si puedes continuar así sin enamorarte o buscas a alguien de verdad. Lo peor que puedes hacer es engañarte o engañarlo.

***

Ana y ella se habían distanciado lo suficiente como para que después de las sesiones, cada una obviara el hecho de que la otra estaba en la misma habitación y siguiera su camino. Érica estaba completamente convencida de que todo eso era a raíz de las malas decisiones que había estado tomando respecto a Víctor. Ella misma había empujado a Ana a alejarse y no sabía cómo restaurar ese puente entre las dos. Se había dicho a sí misma que era probable que se resolviera solo o que una vez todo el tema de Víctor hubiese pasado entonces todo volvería a la normalidad. Ana era la única razón por la cual había llevado a colación al hombre dentro de la terapia. No obstante, el doctor Seville tenía razón. Debía decidir si lo que quería era a alguien para encamarse o a alguien para compartir su vida.

La sala de espera olía a eucalipto y lejía esa tarde. Casi siempre olía así, pero ese día el olor era más intenso y particular. Érica vio a Ana desde el pasillo, había salido un poco antes que ella y ya se encontraba frente al mostrador con una tarjeta de crédito en la mano. Se acercó a ella rápidamente, justo antes de que se marchara.

—Hola...— dijo con simpleza y sin poder pensar en otra cosa. Ana la miró como si fuese una cosa inexistente, pero le respondió con cortesía —¿Cómo te fue?— pero la mujer se veía incómoda mientras buscaba las palabras adecuadas.
—Creo que bien— y soltó un suspiro. Se giró dándole el costado a Érica y enfrentando por completo a la recepcionista. La

39

muchacha, que se había dado cuenta lo que ocurría, se quedó quieta en su lugar sin saber qué decir o a cuál de las dos mirar.

—Aquí tiene— balbuceó entregándole la tarjeta de vuelta. La mujer se guardó el rectángulo de plástico en la billetera y se despidió con un par de palabras rápidas antes de casi salir corriendo de la sala de espera. Érica miró el espacio que había dejado su amiga, decepcionada, y lo ocupó mientras sacaba su propia tarjeta de la cartera. Molly no supo cómo iniciar un tema de conversación y ambas se quedaron en silencio mientras la máquina cobraba el pago.

—Muchas gracias— dijo la chica —¿La esperamos la próxima semana?

—Sí, eso espero— respondió y guardó sus cosas en su lugar.

Érica sabía que Ana estaba molesta. No era algo normal en ella, pero sucedía de vez en cuando y de ser así pasaba mucho tiempo antes de que todo volviera a la normalidad. No obstante, en ese punto no sabía si era todo culpa suya o si la otra mujer estaba exagerando. Es decir, solo se había negado a contarle sobre su relación romántica a su terapeuta, una decisión que era exclusivamente suya y que sobre la cual Ana no tenía ningún derecho. "No voy a perseguirla" se dijo a sí misma una vez terminó de salir del edificio "No es justo y no tengo por qué justificar mis acciones" continuó dentro de sí mientras tomaba la vereda caminando. Caminó una cuadra tal vez cuando vio a Ana venir en su dirección. Érica se detuvo confundida y la esperó junto a la calle, entre nerviosa e inquieta.

—¿Cómo te fue?— interrogó sin aludir a su propio y extraño comportamiento. Érica no respondió de inmediato. En cambio, se le quedó mirando incrédula, batuqueó su cabeza de un lado al otro y soltó.

—¿Qué te ocurre? No entendí— dijo señalando con el dedo pulgar en dirección al centro.

—Todo está bien— respondió esquiva. Érica la miró con una ceja levantada hasta que ésta decidió hablar —Ok, no todo está bien. Exageré ¿Sí?— se encogió de hombros y miró hacia cualquier otro lado.

—¿Pasa algo?

—¡No! No, no— suspiró y luego dejó salir un gruñido —Estos días han sido difíciles ¿Ok? Tal vez por eso estoy tan sensible, pero ya todo pasó.

—¿Estás segura? Dime qué pasó— Ana se mordió el labio y trató de responder.

—Hace como una semana Samuel apareció en el apartamento, quería una cosas suyas y bueno... discutimos y tuve una recaída... ¡pero ya estoy bien!— exclamó al final y se metió las manos en los bolsillos del abrigo —No quiero hablar más de él, ya tengo que hacerlo en terapia y su nombre ya me está dando piquiña... estoy cansada— Miró al suelo y se sorbió la nariz en un intento de ignorar que estaba llorando otra vez.

—Lo siento mucho, el tipo es un cretino definitivamente— le pasó el brazo por los hombros como pudo y le palmeó la espalda —Todavía la oferta de ir a cortarle los testículos sigue en pie— Ana soltó una carcajada lastimera y negó con la cabeza. Se sorbió la nariz y buscó un pañuelo de papel entre sus cosas.

—No, ya déjalo así. Solo quiero eliminarlo de mi vida de una vez por todas... fui tan tonta— la voz se le quebró y se cubrió el rostro con ambas manos. Se secó las lágrimas como pudo y respiró profundo —Dime que por lo menos tienes algo bueno para contarme.

—Te sirve "¿Tenías razón?"— Ana se rio con ganas esta vez y la dejó continuar —Hablé de Víctor hoy en terapia.

—¿Y qué te dijo?

—Que debo dejar de engañarme a mí misma— ambas empezaron a caminar en dirección a la parada.

—¿Y en qué te estás engañando?

—En todo esto de tener sexo casual con Víctor— Ana la miró sorprendida —O sea, me encanta como me hace sentir en el momento, pero luego él se va y yo quedo sola y no quiero estar sola. La razón para estar con alguien es para no sentirme así y no quiero agregar otro problema a los que ya discuto en terapia— Ana asintió y suspiró.

—¿Vas a hablar con él?— Érica asintió y se detuvo bruscamente.

—Sí, pero no sé cómo hacerlo. Me produce ansiedad tocar el tema con él y no quiero tener otra recaída.

—¿Has tenido desde que empezaste la dieta?— ella asintió con la cabeza.

—Sí, cada tanto tiempo me da y termino atragantándome de comida en el restaurante más cercana. Es probable que yo estuviese más delgada si no fuese por esos benditos ataques.

—Entiendo. Pero que sea como una bandita, lo remueves lo más pronto posible y que pase lo que tenga que pasar— Érica hizo una mueca y se balanceó sobre sus pies de adelante a atrás mientras hacía una especie de gruñido.

—Te juro que no quiero, la última vez fue tan horrible y la semana que viene tengo cita con la nutricionista. Me va a mentar la madre cuando vea que no he bajado el peso que tenía que bajar— Se quedó inmóvil en su sitio y frunció los labios.

—Bueno... ¿Puedes esperar hasta después de la nutricionista?— ella negó con la cabeza —¿La ansiedad?

—Sí, no sé qué es peor.

—Escoge una opción entonces, mujer— se quejó Ana y retomó la ruta hasta la parada de autobús.

—Tú me conoces, tomaré una por impulso uno de estos días y te informo qué pasa— Ana la miró entre preocupada y divertida.

—Está bien, cruzaré la calle— la besó en la mejilla a modo de despedida y Érica terminó de recorrer la cuadra que faltaba hasta el lugar donde debía tomar el transporte público.

***

Érica se acomodó en el mueble mientras esperaba que dieran las cuatro. Víctor se pasaba por allí todos los sábados, lo hacía como si fuese sin intención, como si quisiera verla. Cuando ella se dio cuenta de que se había convertido en una rutina para ambos, ella misma comenzó a arreglarse para recibirlo. Esa tarde había limpiado la sala, se había puesto una falda por encima de las rodillas y a propósito había olvidado ponerse las bragas. Cuando dieron las tres y media, el tiempo comenzó a parecerle eterno. Los segundos avanzaban despacio, no había nada bueno que ver en la televisión y el corazón le latía descontroladamente. Érica quería ser optimista, quería pensar que todo saldría bien, que él sería honesto con ella y que al mismo tiempo a ella le gustaría su respuesta. Porque ese era el problema, cómo reaccionaría Víctor una vez ella hiciera la pregunta. Y sin importar qué dijera él, entonces le tocaría a ella decidir qué era lo más saludable para su vida emocional. No quería meterse en estereotipos, pero tampoco quería engañarse a sí misma y pensar que sería feliz siendo un objeto descartable para un hombre. El timbre sonó repentinamente y Érica se incorporó de un salto, una brisa le entró debajo de la falda y tuvo que detenerse por un instante a acomodarse. Le costaba usar ese tipo de ropa, lo hacía por él, para que tal vez así la considerara un poco más atractiva y más deseable.

—Hola, hermosa— le dijo una vez ella le abrió la puerta. La tomó por la cintura y la atrajo hacia él. Juntos avanzaron dos pasos y él se apresuró a cerrar la puerta detrás de ambos. Érica se deshizo en su agarre, era como mantequilla debajo de sus manos que la escudriñaban y palpaban en busca de sitios prohibidos. Víctor deslizó con delicadeza sus manos hasta sus nalgas, las apretó con ambas palmas e intentó levantarla, pero no pudo. Caminaron como pudieron, entre torpezas y apretones, y más rápido de lo que ella esperaba llegaron al sillón donde había estado hacía unos segundos. Primero cayó ella y él le siguió escurriéndosele entre las piernas. Ella lo rodeó con ambas piernas y se apretó a él con lujuria y deseo. El roce contra su pantalón era excitante ahora que le faltaba la ropa interior. Sus caderas seguían un ritmo constante que imitaban el movimiento de su propia vagina siendo penetrada por él. Lo deseaba con todas sus fuerzas. Le sucedía en el transporte público, en medio de una clase, cuando se mandaban mensajes calientes por teléfono. Y ahora que lo tenía tan cerca, con su lengua metida en su boca, era incluso peor. Él le acarició la piel de la cintura, los muslos descubiertos que se aferraban a su abdomen. Ella introdujo ambas manos por debajo de la camisa y se encontró con su cuerpo imperfecto.

Víctor no era un Adonis, pero a ella le gustaba todo de él. Tal vez por eso le era tan difícil plantearse la posibilidad de que todo terminara allí, cuando ella quería más. Él la besó en el cuello, besos húmedos y apasionados, lo mordisqueó junto a sus hombros y ella le clavó las uñas en la espalda. Víctor sabía a menta cada vez que se encontraban y ella sabía que era por los caramelos que él guardaba en uno de los bolsillos del pantalón. Érica comenzó a desabotonarle la camisa y él le sonrió en los labios, mientras la besaba y jugaba con su lengua y su paladar. Instintivamente él llevó una de sus manos hacia el interior de la falda y al encontrarse con que la ropa interior faltaba soltó un gemido de excitación. La besó con más pasión y deseo, introduciendo su lengua, incluso más profundo, ahogándola con sus besos y deseos. Le acarició las nalgas descubiertas y las apretó con ganas, se dirigió hasta su sexo y lo sintió húmedo y dilatado para él. Le acarició los labios e introdujo dos dedos con mucha delicadeza mientras la escucha respirar entrecortado y resollar por el contacto y el placer que le producía. Los retiró con la misma delicadeza y probó con otro dedo mientras su otra mano se ocupaba de uno de sus pechos. Érica gimió y se retorció bajo las manos de su amante y él terminó de llegarle al clítoris. Ella se aferró a él con fuerza, mientras le clavaba las uñas una vez más.

Él la soltó y se llevó los tres dedos a la boca. Ella lo miró excitada y él le devolvió la mirada. Había una increíble tensión sexual en el aire, ninguno de los dos dijo nada, sino que ambos se acercaron él uno al otro, y cada vez que ella avanzaba para encontrarse con sus labios, él la esquivaba quedando a centímetros. Le rozaba los labios, le suspiraba en la boca y volvía a retroceder, dejándola hambrienta. Él le sacó la blusa con lentitud y ella lo observó expectante, con el corazón latiéndole a toda velocidad. Lo sentía en sus oídos, como un palpitar estruendoso. Finalmente, Víctor la besó en los labios. Una vez, dos veces, tres. Y cada vez que la besaba, ella retrocedía antes de que pudiese reclamar su lengua como suya. La besó una cuarta y pasó directo a su pecho. Lo besó mientras éste subía y bajaba con inspiraciones profundas y llenas de lujuria. Le desató el corpiño como mejor pudo y ella lo ayudó apoyándose sobre sus codos. La prenda se le deslizó del pecho y dejó ver sus pechos firmes pero cada vez más pequeños por la pérdida de peso. Él sostuvo el derecho entre sus manos y lo apretó mientras ella gemía. Se llevó el otro a la boca y lo acarició con la lengua ante de succionarlo. Érica experimentó una especie de cosquilleo que le iba desde el ombligo hasta los pechos, y se dejó embriagar por el calor que le inundaba el cuerpo entero y le humedecía la entrepierna incluso más. Víctor pasó al siguiente y lo chupó con mayor intensidad. Érica le clavó las uñas al sillón mientras trataba de mantener la compostura. Resolló y trató de ahogar sus gemidos, pero él se excitaba cada vez que la escuchaba hacerlo de placer y por tanto lo hacía con más fuerza. Bajó hasta el abdomen y lo lamió y besó mientras lo recorría en dirección al pubis, hasta adentrarse entre sus labios inferiores. Ella le abrió las piernas lo mejor que pudo y él la lamió, besó y succionó con hambre y lujuria. Sus manos estaban en su cuello y sus caderas se movían de adelante a atrás buscando sentirlo mejor. No tardó mucho en acabar y sentir cómo una ola de calor le recorría el cuerpo. Fue incapaz de hacer silencio, sus gemidos sonoros inundaron la habitación. Él se estaba muriendo de deseo y después de saborearla por última vez, volvió a su boca y probó su lengua una vez más. Érica lo tomó por los pantalones y apresuradamente se deshizo de ellos. Con un movimiento o dos, la prenda llegó al suelo. Ella lo agarró por las nalgas y se afianzó en ellas mientras los rodeaba con sus piernas y se acomodaba debajo del miembro erecto. Era grueso y estaba húmedo, lo sintió penetrarla con fuerza la primera vez y se aferró a él para mantenerlo dentro de ella el mayor tiempo posible. Él no opuso resistencia, sino que se movió a un costado, todavía dentro de ella, y los giró lo suficiente como para que ella quedara encima de él. Érica no se quejó y comenzó a hacer movimientos extensos de arriba a abajo, para que la fricción del pene en contra de sus paredes vaginales lo excitaran cada vez más. Víctor balbuceó su nombre, o eso quiso creer ella, y después de jadear y acariciarle las caderas terminó dentro de ella. Érica no se movió, sino que se quedó encima de él, contemplándolo y preguntándose en qué momento le había comenzado a gustar tanto. La mujer lo besó en los labios y quiso descansar en su pecho, pero le dio miedo aplastarlo así que se levantó y se cubrió con su escasa ropa mientras él yacía agotado sobre el sillón.

***

Érica se miró en el espejo, su ropa había quedado arrugada y solo le sirvió para taparse durante el trayecto hasta su habitación. Una vez allí, se había puesto la bata de seda que su papá le había regalado unas cuantas navidades atrás. Pocas veces tenía tiempo para apreciarse desnuda mientras Víctor descansaba. Normalmente él se iba en cuanto podía, pero era temprano y seguramente esperaba que ella regresara para volver a hacerle el amor. Esa tarde Érica se apreció en el espejo, todavía no estaba conforme con lo que había debajo de la seda, prefería hacerlo vestida. De esa manera apreciaba las curvas que se le hacían en el trasero, en las piernas, en las caderas y en los senos. Se veía tan bonita debajo de la tela que le causaba horror tener que desvestirse y ver que en vez de curvas eran bultos. Tenía un nudo en el estómago que casi no la dejaba respirar, sabía que si hablaba con Víctor la fantasía se arruinaría, sería como quitarse la bata. Igual tenía que hacerlo, sino lo hacía y era lo que ella suponía entonces se enamoraría de él y su posición sería incluso más precaria.

Salió del baño y seguidamente de su habitación, bajó las escaleras y llegó a la salita. Víctor la miró mientras se ponía los pantalones, le sonrió de medio lado con toda la malicia que encontró. Tenía el pecho velludo, pero no tanto, lo suficiente como para considerarlo atractivo. Él se acercó a ella con lascivia, la tomó por la cintura y la agarró por las nalgas. Ella dio respingo e intentó mantener la compostura y disimular las ganas.

—Víctor...— suspiró su nombre —Tenemos.. tenemos que hablar— balbuceó. Él se apartó tan rápido que parecía que hubiese sido expulsado por una explosión.

—¿Qué ocurre?— la miró con unos tristes ojos de perrito.

—Necesito saber qué somos para ti, antes de que sea demasiado tarde— él la miró perplejo, apretó los labios en una mueca de sorpresa y espiró con fuerza.

—No esto, Érica— caminó hasta el sillón y buscó sus cosas en el suelo.

—¿Eso es todo lo que me dirás?— preguntó preocupada. El nudo en el estómago cada vez le pesaba más.

—¿Qué quieres que te diga? Que nos vamos a casar, tener hijos y adoptar un perro— interrogó.

—No... no espero que me hagas promesas ni nada, solo quiero saber— Él tomó una bota del suelo y comenzó a ponérsela. Ella ni siquiera recordaba habérsela quitado.

—Érica... no me hagas el malo en esta historia... pensé que estábamos en la misma página.

—¿Qué misma página?

—Que esto sería diversión, cero expectativas.

—Yo... yo puedo hacer eso— Víctor dejó de intentar vestirse y la miró de reojo, asombrado.

—¿De verdad?

—¡Si!— exclamó tratando de ocultar su desesperación.

—¿Entonces por qué me preguntaste?

—Yo... yo— tartamudeó —Tenía miedo de que te estuvieras enamorando de mi— mintió y le torció una sonrisa.

—¿En serio?— ella asintió con la cabeza.

—Tranquila, hermosa— Se levantó, fue hasta ella y la besó en la frente. Ella no supo qué más decir y solo se quedó parada allí. Víctor regresó al sillón y terminó de vestirse.

—¿Te vas de todas formas?— él la miró mientras entrecerraba los ojos, parecía que estuviese procesando toda la imagen.

—Sí, tengo cosas que hacer— se sacó las llaves del auto de uno de los bolsillos y jugó con ellas mientras le regalaba una sonrisa —Si no tomo clientes no hay dinero— Ella asintió recordando el taxi que de seguro estaba aparcado en frente su casa.

—Claro, claro— aceptó mientras movía la cabeza de un lado al otro.

—¿Todo bien, no?— preguntó antes de besarla en los labios.

—Ujumm— dejó salir y lo observó marcharse sin decir otra palabra.

Cuando Víctor cerró la puerta detrás de sí, Érica se movió rápidamente hacia la ventana y vio cómo se subía al auto y seguidamente se alejaba de allí. Tal vez lo supo entonces o después. Pero la verdad era que no volvería a saber de él otra vez.

# 4. COLISIÓN

Ana entró corriendo al restaurante chino más cercano a la casa de Érica. A esa hora de la tarde no había casi nadie, pero sabía que su amiga estaba allí. El lugar había sido con anterioridad una casa, pero los dueños lo habían remodelado para que se pareciese lo más posible a un restaurante. Olía a fritura y a carne. El olor era tan espeso que se le acumulaba en las fosas nasales y la hacía estornudar. Vio a Érica en la última mesa, casi escondida, con un plato de arroz frito, panecillos, enrollados y carne con salsa y vegetales. No era la primera vez que se reunían allí, Érica adoraba esa comida. La última vez había sido un poco antes de comenzar la dieta, justo antes de decidir que no podía seguir viviendo así. La vio meterse un bocado de uno de los panecillos dulces bañado en la salsa de los vegetales y terminó de llegar al lugar. Una mesa para dos con sillas tapizadas en rojo y dorado. Ana se sentó en frente de ella y no dijo una sola palabra. Se daba cuenta de que Érica había estado llorando, tenía los ojos rojos y las mejillas húmedas. Unos minutos después logró sacar un balbuceo inentendible y las lágrimas les salieron a borbotones.

—¿Qué paso? Pensé que todo iba bien— dijo Ana y se cruzó de brazos sobre la mesa. Érica dejó salir otro murmullo de palabras incomprensibles y ésta negó con la cabeza —No... no te entiendo, Érica— la mujer trató de calmarse, respiró profundo y lo volvió a intentar.

—Vic... Víctor no me ha... llamado— dijo todavía entre lágrimas.

—No entiendo ¿Pasó algo entre ustedes?— Érica se encogió de hombros y trató de disimular el llanto.

—Hace dos semanas le pregunté... le dije "¿Qué somos?" y se asustó y no ha llamado y ahora... ahora— las lágrimas regresaron con violencia.

—¿De verdad fuiste así de directa?— la otra negó con la cabeza

—¿Qué pasó exactamente?— Érica lloró por unos minutos más

mientras se desahogaba y cuando ya todo quedó afuera, logró continuar.

—Él fue para la casa, tuvimos sexo en el sillón y luego le pregunté que qué éramos para él, solo para saber, todo muy casual ¿Sabes?— Ana asintió con la cabeza —Entonces él se asustó y yo me asusté porque no quería que terminara. ¡Entré en pánico! Y pensé que lo habíamos resuelto, pero no— se llevó ambas manos al cabello y trató de arreglarlo lo mejor posible —Le he escrito, tú sabes, en plan vamos a vernos otra vez y toda la cosa, pero o no respondía o salía con excusas. Y esta semana. Sí, fue esta, me dijo que me llamaría para cuadrar, que él se ponía en contacto conmigo, pero no lo ha hecho— su voz se apagó como una triste y solitaria vela de cumpleaños.

—Ay... Érica— suspiró —No me odies, pero no creo que vaya a llamar— la otra asintió con la cabeza admitiendo su derrota y soltó un chillido que terminó siendo un llanto ahogado —Pero míralo por el lado positivo, ya fue lo de la nutricionista y ahora sí puedes atragantarte con comida lo que tú quieras— Érica soltó un chillido más fuerte en forma de queja —Lo siento, trataba de hacerte reír. Se levantó de su asiento y fue hasta donde estaba su amiga —Lo siento mucho, Éri...— le sobó la espalda y la abrazó de costado —Pero de verdad que esto no es algo malo, si no iba a llegar a nada, entonces es mejor que terminara en nada.

—No me quiero morir sola— murmuró con tristeza.

—Nunca vas a estar sola, una pareja no te va a hacer sentir menos solitaria.

—¿Y si Víctor era para mí?

—¿Estás bromeando? Ese inepto chofer de taxis no es para nadie ¿De verdad quieres ser el juguete sexual de alguien?— Érica negó —Yo sé lo que duele sentirse traicionada y no pongo en duda tus sentimientos por él, pero éste no es el fin del mundo, te lo prometo.

—Pero a mí me gustaba lo que teníamos... si no hubiese abierto la boca...

—Esto hubiese pasado de igual forma— la cortó Ana —Una vez se hubiese cansado de lo que tienes entre las piernas lo buscaría con otra persona— Érica no supo cómo responder. Ana la dejó en silencio y agarró un panecillo de la mesa. Después de un silencio incómodo, Érica logró hablar.

—No lo sé, Ana, tal vez sí llame y yo estoy exagerando— tomó la cuchara y comenzó a llenarse la boca de arroz.

—Está bien, digamos que llame— tragó un pedacito de pan y continuó —¿Cuál crees que sería su excusa? O más bien, ¿crees que tendría la decencia de darte una excusa?— su amiga lo sopesó y finalmente negó con la cabeza —¿Qué crees que diría? Probablemente obvie que te dejó de hablar como el imbécil que es y vaya directo al grano "¿Qué has hecho?" "¿Cómo te ha ido?" "¿Cuando nos vemos, hermosa?"— Érica frunció los labios enojada —¿Sería así no?— la otra asintió e inmediatamente soltó un gruñido —¿Quién crees que sale ganando ahora? Obviamente tú— Érica ladeó la cabeza dubitativa —Créeme que sí, y no lo digo solo por el sexo, ese es un territorio que no voy a tocar, sino porque él se limitó a conocer una sola parte de ti, pero se perdió todas las demás cosas asombrosas de ti— la volvió a abrazar y Érica soltó un sollozo casi inaudible.

—¿Es tan difícil que alguien me quiera?— logró articular.

—Claro que no, yo te quiero un montón... pero la gente es complicada y muchas veces nos apresuramos a querer a otros como si eso nos garantizara que nos van a querer también. Yo sé que no quieres que te lo diga, pero Víctor no tuvo ni que pedirlo y a los hombres lo que no les cuesta no le dan valor. No es que no lo tengas, es que no lo ven.

—Sí, sé que en eso me equivoqué.

—¿Y qué piensas hacer?

—Fue divertido mientras duró, no te lo voy a negar. Pero tal vez sea mejor que me dé un tiempo para quererme a mí misma— Ana asintió entusiasmada —De paso había ciertas cosas que no me gustaban.

—¿Cómo qué?

—A Víctor le gustaba experimentar con ciertas cosas y era agotador— Ana la miró sorprendida.

—¿Con qué cosas?— interrogó torciendo una sonrisa pícara.

—Ya tú sabes...— contestó apenada.

—No, yo no sé nada... tú nunca me cuentas nada— y soltó una risilla.

—Bueno... cosas sexuales— dijo casi en un susurró.

—¿Aja? ¿Cómo qué?

—Pues una vez hizo una posición extraña y terminé viendo su trasero como por diez o quince minutos— Érica tenía las mejillas coloradas y Ana se echó a reír violentamente.

—¿Por lo menos tenía un bonito trasero?— preguntó entre risas.

—No... no realmente— dijo con una mueca en los labios. Ana soltó otra carcajada contundente y trató de secarse las lágrimas de los ojos.

—Vas a hacer que nos echen, Ana— dijo la otra tratando de contener las carcajadas.

—Es que no sé qué le viste al tipo, pensé que por lo menos cogía bien, pero no— se tapó el rostro con las manos e intentó controlarse.

—Sí lo hacía bien— chilló lo suficientemente duro como para que la mesera que estaba recogiendo la primera mesa las escuchara y arqueara una ceja en su dirección —sí lo hacía bien— volvió a repetir en un susurro —pero era un poco extravagante.

—Me doy cuenta ¿Qué posición era esa como para que le termines viendo el rabo a alguien?— interrogó un poco asqueada.

—Ok, pero eso no era lo peor.

—Oh por Dios ¿Hay más?

—Ana... pocas veces ese hombre repetía posiciones

—Qué carajo— exclamó sorprendida —¿Cuántas veces lo hicieron?

—Perdí la cuenta— soltó sin querer admitirlo.

—¿Cómo conservas la habilidad de sentarte?

—No seas puritana— la reprendió Érica —Pero tengo que admitir que habían días que me dolía sentarme— respondió tratando de evitar hacer muecas.

—No pensé que fuese a escuchar esas palabras salir de tu boca— aceptó Ana.

—Y por alguna razón le gustaba experimentar con los agujeros— agregó con el cuerpo rojo e hirviendo de vergüenza.

—Ya va... detente allí— chilló Ana con los ojos bien abiertos — Ese es nuestro límite, no quiero saber nada de anales— Érica la miró con el más honesto terror.

—No me refería a eso— soltó.

—Oh... ahora me siento como una tonta...— comenzó y la otra dejó escapar una carcajada que la aturdió.

—¡Claro que hablaba de eso!— chilló y siguió riendo.

—Oh... cómo te odio— le dijo y empujó el plato de arroz hacia ella junto a una cuchara. Érica se rio un poco más hasta que lentamente su risa comenzó a desvanecerse. Tenía tiempo sin ver a Ana, además del día en la semana en el que ambas iban al psicólogo, poco se encontraban. Algún tipo de proyecto importante había salido en la firma de abogados para la que Ana trabajaba y ahora pasaba todo el día en la oficina. Todas sus invitaciones antes de su recaída habían sido rechazadas y Ana era cada vez más esquiva. Se preguntaba por qué. ¿Qué había hecho mal? Tal vez no se hubiese comido casi dos platos de arroz frito si su amiga hubiese estado disponible para llorar. La observó con cautela, tratando de no delatarse, pero la mujer se detuvo con la boca llena de arroz y vegetales.

—¿Qué pasó?— balbuceó casi inentendible.

—¡Nada!— exclamó apresurada —Sólo qué... ¿estás bien?— Ana tragó y se llevó un vaso de soda a la boca.

—Sí... bueno, más o menos— Se mordió el labio y continuó — Creo que voy a dejar de ir a terapia— Érica la miró impactada.

—¿Por qué?

—No sé... es que...— se llevó ambas manos al rostro y se retiró los mechones que le cubrían la cara —Creo que estoy en un punto de mi vida donde un psicólogo no me puede ayudar. Ya lo he discutido todo y me estoy frustrando porque no avanzo— Su amiga asintió con la cabeza y sopesó sus palabras.

—¿Te gustaría que yo dejara la terapia?— Ana negó con la cabeza.

—Pero es diferente, lo tuyo tiene reparación.

—¿Ser gorda?

—Sí... es decir no...— se frotó la frente con angustia —Es algo biológico, que se ve, que puedes quitar... lo mío...

—Una de las cosas de las que he hablado con mi terapeuta es que mi sobrepeso es un efecto secundario de otros problemas que tengo. No es que esté loca ni nada, pero hay cosas que no he resuelto y bueno... aquí estoy— Suspiró —Sí, estoy gorda, no me molesta decirlo, y algún día dejaré de estarlo, pero lo que está en mi mente... eso es más difícil que se vaya. ¡Mírame! Un tipo que no conocía hace un mes terminó conmigo y ahora estoy aquí atragantándome de comida como un cerdo. Seguro que esto se va a notar y todo mi trabajo duró se irá al caño por esto. Tienes razón, puedo perder el peso, pero si no soy capaz de controlar mi mente y mis emociones voy a seguir aquí— Ana suspiró derrotada.

—Tienes razón... pero de verdad siento que no estoy llegando a nada.

—Por eso mismo tienes que seguir yendo... para dejar de sentirte así— espetó Érica.

—Lo voy a pensar...— soltó de mala gana —Bueno... tengo que irme— Miró la mesa y agarró su cartera —¿Quieres que ponga algo? Me comí como la mitad del plato— Érica negó con la cabeza.

—Tranquila, yo ya pagué antes de que me sirvieran.

—Está bien, nos vemos— se despidió con un beso en la mejilla y salió de allí disparada como una flecha.

La mujer miró el desastre en la mesa y sintió nauseas. No quería seguir comiendo. Se levantó, tomó sus cosas y comenzó a caminar en dirección a la puerta. Sus padres le habían enseñado a no dejar comida en el plato, pero la verdad era que no podía llevarse nada de lo que había sobrado, tendría otra recaída y sería para peor. Se detuvo a mitad de camino y fue hasta el mostrador.

—Buenas tardes, será que podrías darme todo eso para llevar— dijo señalando a su mesa.

—Claro, en un momento— respondió la señora y llamó a alguien desde adentro de la cocina. Se quedó mirando el lugar casi vacío a las cuatro de la tarde, esa hora donde la gente no almuerza, pero tampoco cena. Había solo una familia en una esquina comiendo entre el desastre de tres niños, la sordera de un anciano y los desacuerdos de los padres. La señora regresó con su paquete antes de que se diera cuenta de que su mesa había sido limpiada y arreglada. Lo recibió ensimismada y tomó la calle tan rápido como pudo. Hacía frío, tenía los dedos de las manos y de los pies congelados por haber escogido la vestimenta inapropiada. El cielo se empezó a volver cada vez más gris y antes de que lograra recorrer la mitad del trayecto hasta su casa, la lluvia ya caía pesadamente. Lo vio con el rabillo del ojo cuando pasó por el frente de una de las cornisas de un banco. Era una cosita peluda, blanca y negra, empapada hasta los huesos. No era tan cachorro, pero de todas formas era pequeño y se veía triste y abandonado. Érica se detuvo de inmediato y lo supo. Sabía lo que necesitaba hacer con la comida. Regresó sobre sus pasos lentamente, tratando de asustar al perrito lo menos posible. Él no la advirtió al principio, hasta que estuvo demasiado cerca y el calor de su cuerpo era más atractivo que el frío que lo hacía temblar desde la coronilla hasta las patas. El olor de la comida también ayudó a que no se negara a ir con ella. Lo cargó entre sus brazos, sin importar el hedor que desprendía su pelaje y lo mojado que estuviese. Llegó a casa con una sonrisa en el rostro y un perrito temblándole de frío en contra de su pecho. Lo dejó en el suelo de la sala y buscó cualquier envase de plástico que le sirviera de plato de comida. Calentó una parte y la sirvió. El perrito era tímido, pero debía tener tanta hambre que no le importó y se desenvolvió en su casa dando saltitos y pequeños ladridos de desesperación. Una vez pudo acercarse a su nuevo plato, lamió y comió apresurado lo que le sirvió la mujer.

Érica lo miró comer lleno de felicidad y se preguntó cuál sería el mejor nombre para el perrito. No importaba mucho, ya pensaría en eso después de que él terminara y le diera un baño. ¿Estaría bien tener una mascota? ¿Podría cuidar de otra vida cuando le costaba tanto cuidar de la suya? Ya lo había dejado entrar, le había dado un plato de comida. No podía quitarle esa esperanza. En todo caso tenía que pensarlo bien después de que ambos estuviesen limpios y calientitos.

***

Era el día más frío de todo el mes de diciembre, en unos cuantos días el otoño terminaría y daría paso al invierno. Érica odiaba el invierno, se sentía como un almohadón dentro de una funda demasiado pequeña. O por lo menos había sido así todos los años anteriores. Éste la mantenía a la expectativa de cómo le quedaría la ropa que usaba cuando era demasiado gorda. José le había advertido sobre usar ese tipo de palabras para describirse a sí misma, de esa forma nunca dejaría de verse como algo más que una mujer con sobrepeso. Y necesitaba comenzar a ser más positiva, a quererse más, a hacer las cosas por amor a ella y no por lo que el mundo pensara. No se estaba rindiendo con la pérdida de peso, pero la manera en que se quería ver había sido desplazada por la manera en que se quería sentir, saludable. Hacía un año, Érica pasaba todos los fines de semana visitando restaurantes de comida rápida, no comía allí, pero sí pedía el almuerzo y hasta la cena para llevar. Ahora disfrutaba de visitar el supermercado y comprar vegetales, verduras, frutas, pollo. Ingredientes que le permitieran experimentar en la cocina. Lo hacía en sus jeans rotos, viejos y extra grandes. Con el cabello suelto y revoltoso, tal cual lo tenía al despertarse o después de un intenso día de trabajo. Con camisetas gigantes de bandas de rock que habían sido de su papá y que ella había heredado solo por nostalgia. El supermercado quedaba a dos cuadras de su casa y entre semana estaba completamente lleno, pero los domingos era tan solitario como un lugar desconocido para el mundo. Así que Érica iba los domingos, iba tan desarreglada como podía y escuchando música con los audífonos. Pasó el primer pasillo de galletas, tostadas, panecillos y pasteles horneados. Lo hacía sin mirar mucho y agarrando solo las galletas de arroz. Pasó al pasillo de los cereales, las harinas, los frutos secos y las sopas instantáneas. Escogió barras de granola, almendras, nueces, avellanas y un par de sopas. Llegó al tercer pasillo y no lo vio. Le dio con toda la parte delantera del carrito contra el costado del cuerpo. El hombre sintió el impacto y cayó al suelo llevándose consigo un par de pastas de tomates y paquetes de granos. Érica lo vio pasar todo en cámara lenta, sin poder evitarlo ni saber cómo reaccionar. Lanzó un graznido impactada y se llevó ambas manos a la cara, soltando el carrito de la compra. Nada se había roto ni abierto, pero la cara de dolor del hombre en el suelo era más preocupante que alguna pérdida monetaria.

—¡Oh por Dios!— exclamó cuando su cerebro terminó de procesar la imagen —Lo siento tanto— y bordeó el carrito para llegar hasta él. La miró sin saber qué decir, invadido por un dolor en forma de punzada entre las costillas y una de las pantorrillas.

—No... No— masculló tratando de apartarse de ella —ah...— siseó al contacto y ella se apartó de un tirón.

—Lo siento tanto— volvió a repetir completamente consternada —No sabía que iba con tanta velocidad— intentó excusarse y volvió a deshacerse en excusas.

—Está bien, está bien, no es nada— mintió e intentó levantarse, pero la parte inferior del carrito le había golpeado por encima del talón y le costaba mantenerse de pie.

—No, no te levantes— le pidió y trató de sostenerlo.

—¿Qué quieres que haga entonces?

—Hay que llamar a algún médico. No sé, apóyate en mí— se ofreció y se acercó a él. El hombre lo sopesó por un par de segundos y finalmente aceptó. Apoyó su brazo derecho sobre sus hombros y juntos avanzaron hacia la salida. Un empleado corrió en su auxilio y terminó de llevar al hombre herido.

—¿Qué ocurrió?— interrogó el muchacho cediéndole un banco para sentarse.

—Lo golpeé— replicó rápidamente ella.

—¿Lo golpeó?— interrogó impresionado.

—Fue un accidente— aclaró el herido —Ninguno de los dos vio por dónde iba... ella sobre todo— murmuró al final molesto.

—Lo siento mucho— volvió a disculparse —De verdad que me muero de vergüenza, no sé ni cómo pasó... yo... yo— tartamudeó, pero el hombre levantó una mano en el aire e hizo un ademán para que olvidara lo sucedido.

—Está bien, solo quiero que me deje de doler— aseguró y se llevó una mano a un costado, justo en el lugar donde lo había impactado.

—Voy a llamar a mi supervisor, él tiene un botiquín de primeros auxilios en algún lugar— salió corriendo en dirección a una pequeña oficinita que había en una esquina del local y los dejó solos.

—¿Puedo ver?— preguntó ella y él aceptó a regañadientes —En mi clase siempre hay algún chico que se pelea con otro o simplemente es un desastre en el patio...— comenzó a explicarle —Yo siempre tengo que parcharlos.

—¿Eres maestra?— interrogó mientras quitaba la mano y ella le retiraba la camisa de donde le dolía. Lo palpó con delicadeza hasta encontrar el lugar exacto donde lo había herido. Era una pequeña sección justo entre dos costillas, seguro le saldría algún tipo de hematoma, pero esperaba que no fuese muy grande o muy grave. El hombre era de espalda ancha, pero no se veía demasiado atlético. No obstante, en comparación con el único otro "hombre" que había visto y apreciado desnudo, estaba mucho mejor formado. No pudo evitar compararlos, mientras Víctor era de tez pálida, cabello rubio, ojos azules muy, muy claros y contextura gruesa. Este hombre tenía cabello castaño oscuro, ojos marrones bastante promedios, tez clara, pero no demasiado, y una contextura mucho más atlética. Era más alto, no tenía la panza cervecera que caracterizaba al otro y su rostro era más cuadrado y alargado, enmarcado por una mandíbula que si se descuidaba podría cortarla.

—Sí, doy clases a niños de primaria— Él asintió mientras huía del toque de sus dedos —Espero que no sea muy grave, con una compresa y un desinflamatorio creo quedarías como nuevo.

—¿Qué hay de mi tobillo?— interrogó tratando de desviar la atención de su torso.

—Ya lo reviso, probablemente ese esté más magullado.

—¿Tú crees?— preguntó, pero ella no supo si estaba siendo sarcástico o no. Bajó hasta su pantorrilla y él se dejó subir la bota del pantalón lo suficiente como para que ella lo evaluara — ¿También eres doctora de casualidad?— ella dejó escapar un risita de cortesía y seguidamente negó con la cabeza —¿Entonces?

—Mi mamá es médico y tengo una hermana muy inquieta, la veía curarle las heridas todo el tiempo.

—¿Tú no? Quiero decir... ¿No eras muy inquieta de niña?— ella volvió a negar.

—No, siempre he sido muy sedentaria— lo dijo y pensó que eso era obvio por su contextura, pero él no pareció notarlo.

—Podría jurar que no es así— dijo señalando con la cabeza el desastre que había dejado en el pasillo número tres.

—Bueno... eso fue un accidente— y se encogió de hombros mientras trataba de concentrarse en el tobillo. Tenía un moretón que ya había aflorado en la piel y un par de raspones muy leves.

Le pidió que moviera el pie, de un lado a otro, girándolo para evaluar su movimiento.

—Duele— dijo él y ella asintió.

—Creo que hasta aquí llego yo— dijo derrotada —Hay que llamar a emergencias y que te venga a evaluar alguien— él soltó un gruñido.

—Justo lo que quería hacer un domingo— dijo con sarcasmo.

—De verdad lo siento mucho, pero si no llamamos a alguien que sepa entonces podría ponerse peor— él suspiró decepcionado y aceptó.

—Está bien, si no queda de otra— refunfuñó y seguidamente el empleado llegó acompañado de lo que ella intuía era su supervisor y el botiquín de auxilios. Sacó el teléfono de su bolsillo y marcó el número de emergencias. Después de dar a conocer sus condiciones terminó la llamada y se dispuso a esperar.

—¿No quieres llamar a alguien? Algún familiar, tu novia, esposa, algún amigo— él negó con la cabeza.

—Mi familia no vive en esta ciudad, solo estoy yo... por mi cuenta— dijo casi inaudible.

—Oh...— soltó ella desprevenida —Bueno, te acompaño yo si no hay ningún problema.

—No, para nada... es lo menos que puedes hacer ¿No?— dijo casi en broma, pero Érica se puso colorada de pies a cabeza y no supo cómo reaccionar —Lo siento, no era en serio... solo fue un accidente— ella asintió, pero la incomodidad había quedado allí.

—Esas son cosas que pasan— intervino el supervisor rápidamente —Y no debe ser nada grave, te van a revisar por protocolo— ella fingió una sonrisa amigable y comenzó a caminar en círculos y a dar vueltas de un lado al otro. Cuando finalmente llegaron los paramédicos ya tenía hambre y su preocupación por Chaplin le carcomía los nervios. Lo había dejado encerrado en la casa para que no la siguiera hasta el supermercado. Seguro había hecho sus necesidades por toda la casa y se había puesto a mordisquear todo lo que encontró disponible.

—No es tan grave— dijo uno de los paramédicos al examinar la herida del tobillo —¿Qué fue lo que sucedió?

—Un accidente, ninguno vio por dónde iba el otro— se apresuró a responder el herido.

—¿Usted está bien?— le preguntó a ella, pero Érica aceptó con la cabeza con presteza —Está bien— continuó examinándolo y entre aplicar ungüentos y hacerle exámenes fisiológicos se les fueron varios minutos —Está listo para volver a andar, solo fue un golpe— aseguró el hombre —Cuando la crema termine de hacer efecto ni sentirá la molestia... Eso sí, debería ir al médico para que lo vean con propiedad, hacerse una tomografía de las zonas afectadas.

—Estoy bien, muchas gracias, señores— dijo el afectado y se levantó como si nada —Al final solo estaba exagerando— El paramédico asintió con la cabeza y dejó entrever una sonrisa.

—Por suerte, hay que ser precavidos— añadió el otro y comenzó a recoger los utensilios que había traído consigo.

Al final quedaron solos los dos, ella y el herido, en frente del supermercado, cada uno con sus bolsas de compra. Érica había olvidado por completo los víveres que había ido a buscar, pero no iba a perder el viaje hasta allí. Sin saber qué decir, se miraron incómodos hasta que él fue capaz de romper el silencio.

—Qué terrible manera de conocerse— dijo él con nerviosismo —Creo que ni siquiera nos hemos presentado— y soltó una risilla incómoda —Soy Tomás— y le tendió la mano.

—Sí, escuché cuando se lo dijiste al paramédico— Él la miró sorprendida —Oh, no me di cuenta de eso.

—Sí, yo soy Érica— y le estrechó la mano con propiedad.

—Un gusto en conocerte... a pesar de todo— ella frunció una sonrisa y comenzó a mirar en todas direcciones con el corazón latiéndole a toda carrera.

—No te voy a negar eso— y trató de esconder la misma risita.

—Yo voy para allá— dijo señalando la dirección contraria a la suya —Feliz fin de semana— ella asintió, pero no se movió ni para recoger sus bolsas. Él se dio la vuelta y avanzó dos pasos antes de detenerse. Ella se disponía a agarrar sus cosas cuando él regresó y la encaró —Ya que esto es básicamente tu culpa creo que deberías estar pendiente de cómo me desarrollo ¿No es así?— se sacó la billetera del bolsillo trasero del pantalón y extrajo una tarjeta de presentación. Ella le regaló una sonrisa abierta y honesta, y tomó la tarjeta de sus dedos.

—Tienes toda la razón, Tomás.

# 5. COLOR DE ROSA

La risa de Érica inundó el lugar mientras ambos se sacaban los guantes de las manos y se sacudían los pedacitos de nieve. Tomás la miró reírse y le regaló una sonrisa para luego unirse a ella en las carcajadas. El local era pequeño y acogedor, un café escondido por dos grandes edificios en una gran avenida. Tomás era amigo del dueño y juntos habían comenzado a ir allí cada vez que querían hablar, verse y conocerse. Tomás la había besado un par de veces, pero ambos eran tímidos y Érica no sabía qué pensar de su relación. José le había dicho que se tomara las cosas con calma, sin exagerar, sin creer que podría ser el amor de su vida. "La realidad a veces se ve distorsionada por nuestros sentimientos y emociones" le había dicho y ella cada vez que veía a Tomás intentaba ignorar la descarga de adrenalina y las ganas que le tenía. Si él lo sabía no lo demostraba porque pocas veces se animaba a tocarla, a besarla o a tomarla de la mano. Érica llegó a pensar lo peor "Tal vez le de vergüenza que lo vean conmigo" había admitido ella en terapia. José anotó algo en su cuaderno y le preguntó "¿Te lo dijo él mismo?", ella negó, pero volvió a insistir. "No dejes que un pensamiento que tienes en un ataque de ansiedad se apodere de una relación que se está formando" "Las acciones y los hechos son los que te dan la verdadera base para conocer a una persona y eso aplica para cosas negativas y positivas". Y allí no supo que más responder, pero la idea de que tal vez su miedo se hiciese realidad la seguía rondando día y noche.

Se sentaron en una mesa en el centro del café, los ventanales que daban a la calle estaban empañados por el vapor de la calefacción. Las paredes se veían decoradas por un papel tapiz de varios colores pasteles y cuadros minimalistas en blanco y negro. Olía a chocolate caliente con menta y a café mientras que su mesita se veía decorada con flores de todos los colores. Érica se apresuró a quitarse el abrigo antes de que el calor la sofocara, seguidamente hizo lo mismo con el gorro y la bufanda quedándose nada más con un suéter grueso y de estampados navideños que se negaba a dejar de usar, incluso si las fiestas ya habían pasado. Tomás la imitó mientras una mesera llegaba a atenderlos. Ella pidió por ambos, lo mismo que comían cada vez que iban allí. Para Érica un café caliente y galletas de arroz con tomate, queso crema y rúcula, y para él, un pedazo de torta y una gaseosa. Ella nunca le había mencionado que estaba a dieta todos los días de su vida, que probablemente lo estaría por el resto de ella y que detestaba las galletas de arroz con toda su alma. Había decidido callárselo porque no quería que le tuviese lástima, incluso si su psicólogo le recomendaba que lo hiciera y dejara de dar por hecho lo que no conocía con certeza. Pero tenía miedo de ser vulnerable frente a otro hombre, de ser honesta. Se quitó la idea de la cabeza y se concentró en su comida. Él se quedó inmóvil por unos segundos, con los ojos fijos en ella.

—¿Qué ocurre?— interrogó ella sin despegar la vista de su propia comida.

—Todavía no puedo creer que sigas comiendo eso— dijo tomando la cucharita para postre.

—¿Qué tiene de malo?

—No sé, solo se ve... desagradable— siseó.

—No lo es...— dijo sin mucha convicción —a mí me gusta— y se encogió de hombros.

—No, no te gusta— afirmó él con convicción.

—Sí... claro que sí.

—Haces una mueca cada vez que lo muerdes— replicó él y ella ignoró el comentario —Vamos... no tienes que seguir pidiendo ensalada conmigo— Ella soltó la galleta de arroz e hizo una mueca. Esa era su oportunidad, podría decirle.

—Tomás... en serio, me gusta— le aseguró y volvió a tomar el círculo de arroz inflado entre sus dedos.

—Vamos, come un pedazo— insistió esta vez picando un pedacito de su torta de chocolate.

—No es suficiente con que te diga "no quiero"— soltó molesta. Él la miró avergonzado y se concentró en terminarse el pastel.

Su cita estuvo llena de monosílabos y preguntas incómodas. Ella no quería decir algo y que él malinterpretara. Él no quería seguir metiendo la pata y quedar como un imbécil incluso más grande. Dos horas después la nieve había amainado y el restaurante estaba completamente lleno. Tomás pagó la cuenta y salieron al frío viento del invierno una vez estuvieron completamente abrigados. El camino hasta el auto también fue incómodo, pero dentro del vehículo, en un ambiente tan acogedor y agradable, a ella se le olvidó por completo la razón de su molestia.

—Lo siento— dijo él finalmente dentro del silencio del interior.
—Tranquilo... debía habértelo dicho antes— Tomás la miró intrigado.
—¿Qué... qué cosa?
—Sobre la comida... yo...— no supo cómo decirlo, o por dónde empezar. Se quedó en esa palabra como si después no viniese otra.
—¿Tú...?— inquirió él.
—Yo...— miró su rostro y las ansias de verdad en sus ojos. Le entró pánico y las palabras le salieron como si nada —Yo soy vegetariana— mintió y se preguntó inmediatamente si había llegado a comer carne en frente de él. Su mente era una niebla incomprensible.
—Oh...— soltó él —Ahora todo tiene sentido— dijo aliviado y por instantes cualquier otra opción pasó por la cabeza de Érica.
—¿Qué creías que era?
—No, nada. Pero me lo contaste, eso es lo que me alivia.
—¿Lo hace? No es la gran cosa.

—Claro que sí— se reclinó en su asiento con el cuerpo completamente girado hacia ella.

—¿Por qué lo dices?— Tomás estiró su brazo hasta ella y la tomó por la mano. La acercó lentamente y se acercó un poco más hacia ella.

—Porque me dijiste, porque estoy cada vez más obsesionado contigo y me gustas— ella quedó paralizada en su lugar, sin nada que decir, sin nada que hacer. Él la tomó por el cuello y la besó con pasión, como nunca antes lo había hecho. Sus besos eran un poco torpes en comparación con los de Víctor, pero ella se derritió en su boca y en la idea de ser querida y deseada por alguien para algo más que sexo. Incluso si ella también estaba muy interesada en lo último.

Tomás la tomó por los brazos, le acarició el antebrazo mientras sus labios se acariciaban lentamente, deseosos de más. Érica intentó controlarse, el roce de los dedos la ponía nerviosa. No porque llevaran a algo más, no porque podía terminar con él en la cama, o en el asiento del conductor en todo caso. Sino porque tenía miedo de que se diera cuenta de su piel, de la flacidez debajo de sus antebrazos. Cada vez que iba al gimnasio trabajaba en eso, pero sin importar lo que hiciera Érica se veía al espejo y no veía la definición en sus brazos. A veces se rendía y lo daba por perdido, otras, se molestaba con ella misma y continuaba incluso hasta en su casa. Tomás la agarró con fuerza, acercándola más, respirando con dificultad, sonoramente. Ella se excitó por el deseo en sus labios, en su aliento que todavía sabía a pastel de chocolate. Por segundos se olvidó de sus brazos y sus dedos fueron directo al abrigo de él, a los botones que intentaba quitar con desesperación. Él se detuvo abruptamente y se apresuró a tomarla por las muñecas y separarla de su ropa. Érica quedó completamente desconcertada, con los labios hinchados por los besos y la entrepierna húmeda por el deseo. Tragó hondo sin saber qué hacer, sin poder despegar los ojos de él y de su expresión indescifrable. Se acomodó en su sitio y se negó a hablar.

—Érica...— murmuró él, pero ella negó con la cabeza rápidamente y se concentró en la calle nevada y el pasar de los autos —¿Quieres que te lleve a tu casa?— interrogó él. Ella asintió y pestañeó con fuerza para evitar soltar lágrimas de vergüenza.

***

La mujer buscó entre los rostros de los pacientes algún rasgo familiar, pero no, Ana no estaba entre ellos. No la había visto al llegar y la recepcionista, Molly, le había confirmado que debería estar allí para su cita. Se preguntó si habría algún tipo de problema, después de todo no había cancelado las sesiones con su psicóloga y habían pasado tres meses desde que habían discutido todo eso. Caminó hacia la puerta y echó una mirada más sobre los cuatro pacientes que se encontraban sentados en la sala de espera. No, ninguno era ella. Podría preguntarle a Molly, pero la respuesta era obvia, Ana no había ido a su cita de hoy. ¿Qué podría haber pasado? Desde que Tomás había entrado en su vida se habían comenzado a ver menos. Eso sí, Érica la había invitado a salir un par de veces, pero la respuesta era siempre la misma, no. Ya no podía hacer otra cosa que preocuparse. Abrió la puerta y dio un paso al exterior y allí estaba ella, junto a las escaleras, mirando en dirección al primer piso.

—Ana— Dejó escapar mientras se llevaba la mano derecha a la boca.
—Pensé que nunca ibas a salir... Mi sesión se terminó y tu nada que salías— ¿Entonces había ido, había asistido a terapia y ella no se había dado cuenta?

—Yo...— revisó su reloj de pulsera, pero no marcaba ningún retraso —Pensé que no habías llegado, estaba preocupada— Ana la miró un poco escéptica, pero no hizo ningún comentario al respecto. En cambio, se limitó a meter ambas manos en los bolsillos de un abrigo que le quedaba bastante grande.

—Pues llegué un poco tarde, pero tenía que salir a la misma hora, tengo una cita en el médico— sacó las manos de los bolsillos y se cruzó de brazos. Ambas comenzaron a bajar las escaleras en un silencio denso y espeso. No fue hasta que llegaron a la calle que Érica logró decir algo.

—¿Estás bien?

—Sí, sí, sí— se apresuró a decir Ana con energía —Lo del médico es solo cuestión de rutina, me van a sacar la sangre y ver cómo estoy y bla bla— dijo encogiéndose de hombros y tratando de desestimar cualquier preocupación.

—En verdad lo decía porque no hemos hablado desde hace mucho tiempo...— comenzó a decir en cuanto salieron a la calle. Hacía un frío seco que cortaba la piel cuando circulaba el aire.

—¡Claro que no!— exclamó Ana interrumpiéndola —Nos vemos cada vez que vamos a terapia... y hablamos.

—Como por dos segundos, casi siempre llegas tarde o muy temprano, y cuando nos vamos, hablamos lo que nos dura el trayecto.

—Pues somos adultas, Érica— se excusó —Esto iba a pasar.

—¿Estás segura de que estás bien?

—¡Por supuesto! Cuéntame mejor sobre tu nuevo novio— dijo dándole otro tono a la conversación. Érica hizo una mueca recordando lo que había pasado el sábado junto con la nevada. No sabía describir qué provocaba en ella, si vergüenza o temor

—¿Pasó algo?

—No... es decir, sí— espiró con violencia y se cubrió la cara con la cabeza.

—¿Qué pasó? ¿Terminaron?— la otra negó con la cabeza —¿Lo tenía pequeño?— Érica se descubrió la cara y la miró con horror.

—No digas eso ni en broma— chilló —Sería lo que me faltara.

—¿Qué pasó entonces?— interrogó Ana un poco asustada.

—Pues...— tartamudeó —El sábado salimos como de costumbre y cuando nos regresábamos, estábamos en su auto y nos comenzamos a besar... es decir, nos hemos besado antes pero nunca así... y yo... yo creí— Ana la miró con los ojos bien abiertos —Creí que era el momento... tú sabes— se calló sin saber qué más agregar.

—Déjame ver si entendí, estabas en su auto, en un lugar público y lo hicieron— se llevó índice y pulgar al tabique —¿Y qué pasó después de eso?

—No, no lo hicimos— hizo una mueca de disgusto —Ese fue el problema, yo fui directo a sacarle el abrigo y fue como si la cosa más asquerosa lo hubiese tocado— sollozó desesperada y se detuvo en su lugar, en el medio de la acera.

—Bueno... tal vez estabas yendo muy rápido, no tienes por qué hablar así de ti misma— Érica no supo que decir —También puede que sea gay.

—¿Cómo puede que sea gay? ¡Nos hemos besado!— exclamó como si fuese prueba suficiente.

—Bueno, hay hombre que tienen hijos y son gays, no tiene nada que ver— la otro soltó un lamento gutural mientras dos desconocidos las bordeaban por la vía pública.

—Tal vez no lo sabe, tal vez de verdad le gustes, pero no de esa manera.

—No me digas esas cosas, Ana.

—Lo siento, tal vez tampoco sea el caso, solo que te volviste loca tratando de hacerlo en su auto la primera vez— le recriminó medio en broma.

—Con Víctor no hubo problema— Ana soltó una carcajada.

—¿Qué? ¿Por qué te ríes?— se cruzó de brazos.

—Víctor era un fuckboy— le aseguró —Tomás no, Tomás se nota que te quiere— Érica se mordió el labio de solo pensarlo.

—Bueno, tienes razón. Estuve muy fuera de lugar— soltó una risilla de alivio y se despidió con un beso en la mejilla. Ana no cruzó lo calle, sino que se quedó parada en su lugar mientras Érica avanzaba hasta la parada del autobús.

***

Érica no sabía si las llamadas y mensajes habían disminuido severamente por lo que había sucedido el sábado o porque solo era ese tipo de semana donde Tomás estaba más ocupado de lo normal. El día anterior, el viernes, lo había llamado a última hora. Su voz no se escuchaba diferente, era igual de grave y suave y le recorría el cuerpo como una caricia. Eso le producía miedo, pero no quería llegar allí y terminaba ignorando la sensación. Durante la llamada le había dicho que quería verlo, en privado, que el sábado podían verse en su casa y hablar de lo ocurrido. Él intentó explicarse por teléfono, pero ella no quería, no por una llamada. Entonces le colgó y luego le envió un mensaje. Si no le había dado ya razones para que la botara, entonces esa serviría.

Hizo galletas esa mañana, tenía más de seis meses sin hacer galletas. Pero lo hacía porque sabía que a él le gustaban y porque si al final las cosas no salían como esperaba, por lo menos podía ahogar sus penas en galletas de chispas de chocolate. Tenía un nudo en el estómago, todas las posibilidades que le había dado Ana eran horribles. O ella había quedado como una desesperada frente a alguien que de verdad le gustaba, o a él ni siquiera le gustaban las mujeres. Sin embargo, no sabía cuál de las dos era peor, o cuál de las dos la haría sentir mejor. Faltaba una hora para que él llegara, pero el timbre sonó inesperadamente. Érica estaba cubierta en harina, azúcar y mantequilla. No se había bañado todavía porque lo único en lo que había pensado era en limpiar y cocinar un día en el que se despertaba al medio día. Tragó hondo y con el delantal todavía puesto se fue hasta la entrada. Tomás no estaba en el pórtico y el corazón se le fue al piso. Lo vio con su sonrisa de medio lado, esa que le favorecía los labios y que la había vuelto loca por tanto tiempo, incluso cuando él ya se había ido. Parecía que había aumentado de peso, pero eso no le había impedido mantener su encanto. Cargaba una camisa a cuadros y los jeans que ella había visto con más frecuencia durante su breve relación. Olía al mismo enjuague bucal de siempre mezclado con un aroma nuevo que Érica distinguió como colonia barata. Tal vez siempre había sido así, solo que en esta ocasión en lo único en lo que podía pensar era en qué rayos estaba haciendo él allí y qué pasaría si Tomás los encontraba.

—Hola, hermosa— dijo rápidamente y se hizo pasar avanzando desaforadamente y haciendo que Érica retrocediera aturdida —¿Me extrañaste?— preguntó y la tomó por la línea de la cintura al tiempo que le daba uno, dos, tres besos rápidos.

—Víctor— logró decir sin aliento —¿Qué...?— intentó preguntar, pero él la volvió a acallar con su boca.

—¿Qué hago aquí?— sus manos la acariciaron desde la mitad de la espalda hasta el final. Érica dio un respingo e intentó soltarse de su agarre, pero Víctor sabía dónde tocarla y cómo hablarle para que perdiera la cordura —Te extrañaba— le dijo con una voz dulce y suave, justo en su oído. Todos los vellos de su cuerpo se levantaron involuntariamente y la mujer comenzó a sentir el pulso en su pecho. Podía sentir cómo el corazón le latía desbocado —No me digas que no me extrañaste— y con una sola mano cerró la puerta detrás de él y casi sin que ella lo notara la volvió a poner en su cintura.

—Víctor...— resopló —No puedes...— sus palabras salían agitadas por su voz, pero él solo lo encontraba más y más excitante.

—¿Por qué no?— le besó el cuello e hizo un fino sendero hasta su lóbulo derecho, y luego hasta su boca. Érica retrocedió un paso, o eso intentó, mientras que con ambas manos hacía presión sobre el cuello del hombre —¿No quieres que te bese más?— dijo entre pequeños picoteos —Sé que te mueres por mí— y su mano descendió lentamente hasta su entrepierna, y luego hasta la cremallera de su pantalón. Ella retuvo el aire, deseosa de que la tocara y al mismo tiempo temerosa de las consecuencias. ¿Cómo haría para manejar esa situación? Tomás podía llegar en cualquier momento, pero ella se moría de ganas de que Víctor la acariciara después de tanto tiempo. No es que ella lo quisiera, es que su cuerpo lo deseaba y no lo había recordado hasta el momento exacto en el que la tocó sin previo aviso. Por tanto las órdenes urgentes de alejarse de él, que su cerebro mandaba a sus genitales no estaban siendo respondidas. En cambio, estos las ignoraban por completo —¿Ves?— y dentro del silencio profundo que había en la salita de su casa, se escuchó el sonido del cierre siendo deslizado hacia abajo. Érica soltó el aire lentamente, tenía el cuerpo caliente y los flashback de Víctor haciéndole el amor la mareaban —¿No te quieres divertir un rato?— susurró contra sus labios y la besó otra vez, ahora con pasión y desesperación. No obstante, esta vez él sabía amargo, tal vez por la culpa, tal vez por el resentimiento que había acumulado después de que él se desvaneció en el aire y se olvidó de ella. Sintió su lengua adentrarse dentro de su boca y le resultó insoportable. Juntó todas sus fuerzas y lo empujó, alejándolo de ella.

—¡No!— espetó y caminó hasta el otro lado de la habitación, poniendo entre ellos todos los muebles de su casa.

—¿Estás enojada?— interrogó ofendido. Ella se le quedó mirando sin poder creerlo.

—¿Esperas otra cosa?

—Pensé que estarías feliz por la sorpresa.

—¿Cuál sorpresa?— preguntó aguantándose las ganas de gritar cada una de las palabras.

—¡Yo! Estando aquí— Érica apretó los dientes para no gritar de frustración.

—Pues sí que es una sorpresa, pero no una muy agradable— y caminó en dirección a la puerta. Él la interceptó a medio camino con caricias, pero ahora le parecían espinas.

—No seas así conmigo, vine hasta acá por ti— Érica se sintió incómoda entre sus brazos y sus palabras. La estaba tratando de hacer sentir culpable y mientras más dulce y suave le hablaba, más se veía a sí misma siendo arrastrada por todos sus engaños.

—No es cierto— le espetó con rencor, las lágrimas se le asomaban por los ojos —Viniste aquí por ti— pero la voz ya casi no le salía.

—¿Cómo...?

—Tienes ganas de que te complazca y te deje hacer conmigo todo lo que tú quieras— las lágrimas le quemaron las mejillas mientras escupía cada palabra con odio y desprecio —Pero no es justo, me usaste y te fuiste, y no lo vas a volver a hacer.

—No seas paranoica, Érica— comenzó a enfurecerse —Me fui por ti, para no hacerte más ilusiones— Ella se negó a verlo a los ojos —Estabas comenzando a sentir algo por mí... y yo no estoy listo para los compromisos— Érica se deshizo de su agarre y finalmente completó el trayecto hacia la puerta, la abrió y se movió para que él pudiese atravesar el umbral.

—No te preocupes que ya no siento nada por ti— su voz era áspera y cortante.

—¿No me puedes dar otra oportunidad? Te prometo que nos vamos a divertir— y avanzó hasta ella, pero la mujer desvió la mirada.

—No, Víctor. No sería justo.

—¿De verdad quieres que me vaya?— Érica lo miró un largo rato, una parte de ella quería creerle y la otra gritarle y desahogarse.

—Ya la escuchaste— intervino otra voz desde la entrada. Ella se giró sorprendida y vio a Tomás parado junto a la puerta. No lo había escuchado llegar y sus ojos echaban chispas.

—¿Quién eres tú?

—Alguien a quien sí le importa Érica— y se cruzó de brazos mientras le daba paso —Ahora, lárgate.

—Ya sabes a qué número llamarme, hermosa— le susurró Víctor y seguidamente le guiñó el ojo. La mujer tragó hondo mientras el corazón amenazaba una vez más con salírsele. Exhaló profundamente y se pasó ambas manos por el rostro. No sabía qué pasaría ahora ¿Cuánto había escuchado Tomás? ¿Creería que algo de eso era su culpa? ¿Terminaría con ella?

—Yo... yo te puedo explicar— tartamudeó ella mientras él cerraba la puerta de un manotazo.

—No lo puedo creer— soltó molesto —¿Quién se cree ese tipo que es?— exclamó subiendo cada vez más la voz —¡Me hierve la sangre! Te lo juro— y dejó salir un gruñido lleno de rabia e ira — ¿Tú estás bien?— ella no dijo nada, pero asintió. Se acercó a ella con cautela y la abrazó sin decir nada. Ella no supo qué hacer y se dejó envolver por sus brazos ¿Qué estaba pasando?

—Yo... lo siento— logró decir Érica —Lo nuestro terminó hace mucho tiempo, incluso antes de conocerte— él la soltó y ella se abrazó a sí misma.

—Está bien, no tienes que contarme— le aseguró y presionó sus labios sobre los de ella. Érica le devolvió el beso y llevó sus manos a su cuello. Se preguntó una vez más ¿Qué está pasando? Ella estaba segura de que Tomás terminaría con ella, que tendría que empezar todo una vez más. Recoger pedazo a pedazo los lugares de su vida donde él se había metido y que al final simplemente había roto. ¡Pero no! Tomás la besaba con ansias, hambre y deseo. Aunque tal vez estuviese malinterpretando las señales, como el sábado anterior en su cita. Los flashbacks se le vinieron a la cabeza y no pudo hacer más nada que alejarse de él. Tomás la miró sorprendido, sus ojos llenos de pánico —¿Qué ocurre? Yo pensé...— se calló abruptamente.

—No, no... es solo qué— Érica avanzó hasta el sillón de la sala y se sentó. Lo esperó sin decir nada, con las rodillas juntas y los codos sobre éstas mientras sostenía su rostro con ambas manos.

Tomás entendió la indirecta y fue hasta donde estaba ella. Se acomodó a su lado, lo más cerca que consideró prudente —Bueno... estoy confundida, Tomás— le salió espontáneamente.

—¿Es por ese tipo?— interrogó con desidia.

—No, no tiene nada que ver con él.

—¿Entonces?

—No estoy diciendo que estoy confundida respecto a lo que quiero... me refiero a que estoy confundida respecto a lo que tú quieres.

—Oh...— tragó hondo y asintió —Continúa.

—Hace una semana... estábamos los dos solos y nos estábamos besando, pero... pero pareció que no estabas muy interesado— soltó con cautela y luego no pudo contener lo que salió de sus labios —Pero entiendo si no te gusto lo suficiente, o si no te gusto de esa manera, o no sé. Cualquier cosa por la que estés pasando...— se calló abruptamente y se levantó de un tirón, acalorada por la velocidad del discurso, roja desde la frente hasta el pecho. Se alejó un par de pasos y se le quedó mirando mientras se cubría la mitad de la cara con las manos.

—Érica...— se levantó y fue hasta donde estaba la mujer —Que un hombre no quiera acostarse contigo no significa que inmediatamente sea gay.

—No te estoy juzgando, Tom— se excusó ella.

—Bien, pero no soy gay. La razón por la que no quise hacerlo en ese momento es porque estábamos en un estacionamiento cualquiera, congelándonos de frío, con gente a nuestro alrededor y llenos de abrigos— soltó una risilla de alivio —Además, yo no quiero que nuestra primera vez sea cualquier cosa. Me encantas, incluso después de atropellarme con un carrito de supermercado— Érica lo miró con ilusión en los ojos y recordó de golpe el estado en el que estaba, sucia, sudada y llena de ingredientes para galletas.

—¡Las galletas!— chilló de imprevisto y salió corriendo hasta la cocina. No se había dado cuenta, pero el horno comenzaba a

despedir un olor a quemado alarmante. Alcanzó la cocina lo más rápido que pudo y abrió con una mano la puertecilla del horno mientras que con la otra tomaba la manopla que estaba sobre el mesón. Se la puso en la mano derecha y sacó la bandeja de un tirón, depositándola luego sobre las hornillas —¡Ay no!— se quejó al ver el color. Tomás se le acercó por detrás y la abrazó.
—¿Eran para mí?
—Sí— masculló con tristeza.
—No te preocupes— la besó en la mejilla y le dio la vuelta —De lo único que tengo ganas ahora es de ti— ella abrió los ojos sorprendida.
—Te refieres a...— comenzó a decir, pero él acalló con el primer beso.
—Ujumm— y volvió a pegar sus labios a los suyos. Tomás la acercó a ella, apretándola desde la línea de la cintura y por la espalda. Ella lo rodeó con los brazos, mientras sus respiraciones comenzaban a mezclarse apasionadamente. Lo sintió en el paladar, sobre su lengua. Tomás sabía a algo más que solo deseo, tal vez afecto, pero no sabía identificarlo bien. Sus besos eran fogosos, pero siempre comenzaban suaves, con ternura, y terminaban acelerándole el corazón y enloqueciéndole las ganas.

Tomás le acarició la piel de la espalda por debajo de la blusa, al tiempo en que le desataba con la otra mano el lazo del delantal. Ella dejó que la despojara de la prenda y que se adentrara debajo de la tela. Él migró de su boca hasta sus mejillas, con besos húmedos y certeros, y luego fue directo a su cuello. La besó y mordisqueó desde la clavícula hasta detrás de la oreja izquierda, y una vez en su lóbulo se lo metió a la boca y lo lamió esperando por alguna respuesta. Ella jadeó, e inmediatamente Tomás bajó de su espalda hasta sus nalgas. Las sostuvo con fuerza y la apretó más contra él, hasta que su pelvis chocara contra su miembro excitado. Érica dio un respingo al sentirlo contra ella, era un bulto grueso que se formaba desde el centro hacia la izquierda, en diagonal, y le sobresalía el pantalón. Tragó hondo mientras miraba embelesada el tamaño. solo había visto dos penes antes que el de él, y el primero no lo recordaba en absoluto. El segundo era de tamaño promedio y le había producido placer más por el hecho de que su dueño sabía cómo usarlo que por otra cosa. Pero éste era algo más y la expectativa de tenerlo dentro de ella la hacía mojarse más de lo normal. "¿Qué ocurre? Preguntó él todavía sobre su cuello. Ella no respondió, sino que dejó salir un leve sonido gutural que no supo qué significaba "¿Quieres tocarlo?" insistió y ella no logró contestar. Tomás se bajó la cremallera y se desabotonó los pantalones, lo sacó de debajo de la ropa interior y se lo dio. Ella lo palpó como si fuese la primera vez que tocaba uno y eso lo enloqueció de lujuria. Apretó su boca contra la suya con pasión y deseo, era como si no pudiese tener suficiente de ella. Sus labios se presionaban contra los suyos, jugaban con ellos, los mordía y acariciaba con la lengua. "Estoy loco por ti" le susurró entre jadeos y resuellos, ella no respondió nada, estaba aturdida por ese cambio brusco entre uno que otro beso ocasional hacia aquella marea de besos que la embriagaban y dejaban sin aliento. Ella lo quiso llevar hasta el sillón, pero él se negó sin siquiera dejar de besarla. "Allí no" le murmuró mientras sus respiraciones se mezclaban. En cambio, buscó las escaleras e intentó cargarla, pero Érica se negó, tenía miedo de que se cayeran, de que lo lastimara otra vez por su exceso de peso. Él respetó su decisión, la tomó por la mano, le dio un beso en la mejilla y la dejó que lo guiara hacia su habitación. Ese cuarto había sido el testigo de sus noches con Víctor y ahora ella esperaba que, a diferencia del anterior, éste se quedara a dormir. Subieron las escaleras a toda carrera y cuando llegaron al pasillo del piso superior, él la volvió a tomar por las caderas, acariciando cada centímetro de piel que podía encontrar. Le sacó la blusa primero y finalmente pudo tocar toda su espalda sin restricciones. Ella se tensaba cada vez que le recorría un lugar nuevo. Quería pensar que era porque estaba pasando página, porque de allí en adelante sería una mujer nueva. Pero algo en ella sabía que era porque cada pulgada nueva significaba que descubriría todos sus defectos; los rollitos, las estrías, las marcas, la celulitis. Tomás intentaba domarla a cada paso que daban, que se sintiera cómoda debajo de sus manos, de sus labios y caricias. Le tocó los pechos por encima del corpiño, le sintió los muslos, la entrepierna. Ella le quitó la camisa y lo tocó en la zona de los omóplatos, era su parte favorita en todos los hombres. Lo abrazó y cuando finalmente llegaron al umbral de su habitación se dejó levantar por él. La tomó por los glúteos y los apretó con entusiasmo. Sus besos volvieron a hacerse apasionados y violentos, la volvió a penetrar con su lengua y marchó hasta la cama lo más rápido que pudo. La depositó sobre las sábanas sin hacer y contempló el brasier azul oscuro. Llevó su rostro hasta él y depositó pequeños besos sobre su pecho, intentando adentrarse debajo de la prenda. Ella lo observó sin aliento mientras al mismo tiempo se desabotonaba los pantalones con apuro. Él se rio como un niño cuando se dio cuenta de lo que hacía y retiró sus dedos para hacer él el trabajo. "No... yo te quiero desvestir" Eso la excitó incluso el doble. Érica se dejó hacer, con el corazón en la boca y la entrepierna húmeda por le expectativa. Le retiró los pantalones y le llenó el vientre de pequeños besitos y mimos. Ella lo tomó por el cabello oscuro y metió sus dedos entre los mechones castaños.

Su habitación era oscura si nadie abría la puerta que daba al balcón. Por suerte, a ella se le había olvidado hacerlo ese día. Tomás la besó en la oscuridad, entre las sábanas blancas y las cobijas sin arreglar que ella había dejado al despertar. Su piyama seguro estaba en algún lugar dentro de ese desastre. Su piel olía a una mezcla entre jabón, desodorante masculino y sudor. No sabía por qué, pero le encantaba su aroma. Tomás ansiaba dejar una huella en cada rincón, la besaba, tocaba, acariciaba y palpaba en cada lugar que encontraba. No obstante, no le quitó ni el corpiño ni las bragas inmediatamente. Antes, se detuvo un par de veces para mirarla. Ella se sentía escrutada y observada, pero por primera vez de una buena manera. Érica le examinó el rostro, tanto con los ojos como con las manos. Tomás no era el hombre más bello que había visto en su vida, pero era guapo y cuando la luz le pegaba en el rostro o se encontraba desprevenido, le parecía a ella que era algo mucho mejor que hermoso.

Cuando los besos y las caricias se hicieron insuficientes, cuando la ropa interior se hizo un estorbo y las manos ya no encontraban territorio nuevo en los lugares que antes encontraba novedosos. Allí los toqueteos se hicieron más impulsivos y arrebatados. Tomás la volvió a guiar hasta su miembro, ardiendo porque lo tocara. Ella jadeaba y lo exploró con nerviosismo. Tenía ganas de metérselo a la boca, de hacerlo resoplar. Impaciente, lo despojó de los pantalones y de un impulso se posicionó encima de él. Bajó lentamente dando uno que otro beso ocasional sobre la piel hasta que finalmente llegó a su ropa interior. La terminó de deslizar hacia abajo y él se deshizo de ellos con varios movimientos desesperados. Lo observó con atención. Lo lamió y él apretó los glúteos y tensionó las piernas. Ella no tenía mucha experiencia haciendo eso, pero quería sentirlo excitado antes de que ambos terminaran. Se lo metió a la boca por completo y Tomás contuvo la respiración. Sus manos se aferraron a la cama y ella sacó y metió el miembro de su boca repetidas veces. Lo escuchaba sisear de placer, pero antes de que pudiese acabar la detuvo. Negó con la cabeza y se acercó a su boca, la besó con furia una vez más, apoyándose en los codos. La invitó a ponerse sobre él, tomó el pene por la punta y lo acomodó para que cupiese dentro de ella. Érica lo miró expectante, sin aliento y jadeando. Lo sintió introducirse el primer tramo del camino y finalmente se dejó penetrar por completo. Soltó un gemido sonoro que desgarró el aire. Él se movía rítmicamente, entrando y saliendo. Cada vez que se reintroducía dentro de ella, en busca de más, soltando gruñidos lujuriosos, ella volvía a gemir, cada vez con más fuerza. Tomás la tomó por las caderas y juntos se movieron para que ella quedara debajo. La espoleó con más fuerza, esta vez encima de ella, haciendo fuerza con las rodillas y los brazos. Érica le clavó las uñas en la espalda y cuando sintió que él se vaciaba dentro de ella, lo soltó.

Tomás la besó en los labios mientras, exhausto, salía de ella y se acomodaba a un lado. Le acarició el cabello y se abrazó a ella. Érica estaba agotada y todavía respiraba con dificultad. La abrazó por la cintura, ambos completamente desnudos y sin taparse debido a la calefacción. Ella intentó mantenerse despierta, pero él respiraba tan pacíficamente que el vaivén la terminó durmiendo en menos de cinco minutos.

# 6. CHOCOLATE AMARGO

Érica se llevó las mangas del suéter hacia las muñecas en un acto de nerviosismo. José la observó moverse con incomodidad mientras meditaba la respuesta a su siguiente pregunta. Él se encontraba elegantemente vestido como de costumbre y sentado sobre una pequeña silla de madera que ella consideraba demasiado incómoda. Las últimas dos sesiones habían sido iguales, Érica estaba menos comunicativa de lo acostumbrado. Sabía por sus reuniones anteriores que su vida social estaba mejorando, pero de un día para otro la mujer le había planteado dejar las sesiones. José se había negado hasta que no viera la evolución de dichas "mejoras", y por lo que estaba presenciando no podía dar muy buenas opiniones. No obstante, ella seguía insistiendo y él seguía aconsejándole que no lo hiciera.

—Sabes que como tu terapeuta estoy aquí para ayudar y aconsejar, lo que hagas al final del día siempre será tu decisión.
—Lo sé.
—Dime otra vez porque deseas dejar la terapia— insistió él.
—Empecé a venir por recomendación de Ana...— José la interrumpió.
—Eso no me lo habías dicho.
—¿No? Bueno, empecé a venir por ella.
—¿Entonces?
—Ana ya no está viniendo más, no se ha estado sintiendo bien y aunque estoy preocupada, ya no me siento cómoda aquí.
—¿Qué crees que ocurrirá si ella vuelve a venir? ¿Volverás a terapia tú también?
—No lo sé, ¿habría algún problema?— él negó con la cabeza.
—No, Érica, no habría ningún problema. Pero tendríamos que empezar de nuevo.
—¿Por qué?— interrogó sentándose sobre sus manos. Se veía más delgada que en la última sesión.

—Tendría que volver a evaluar tu situación. En nuestras sesiones no solo hablamos. Es decir, sí hablamos, pero yo soy tu doctor y tengo que ver en qué estado llegas, cómo puedo ayudarte, cuánto avanzas— Ella asintió.

—Entonces sería como encontrar a una paciente nueva.

—No, o no del todo— ella lo miró ladeando la cabeza y sin comprender —Cuando llegas a un cardiólogo y nunca habías ido a uno, entonces éste te abre un historial médico y comienzan desde allí. Pero digamos que te mudas de ciudad y necesitas seguir yendo a un cardiólogo. Irías a otro cardiólogo, pero con tu historial médico. Una vez vuelvas a retomar terapia yo tendría que verificar tu historial médico y evaluarte con esos antecedentes.

—Dijo algo de evaluaciones— José asintió con la cabeza —¿Cuál sería su diagnóstico entonces?— él la miró con una mueca en los labios.

—Necesitas continuar con la terapia, Érica. No por la obesidad, ese problema lo has sobrellevado bastante bien. Pero como ya te dije antes, la obesidad no es una enfermedad, o por lo menos no en el área psicológica, sino un síntoma. Usas la comida como un mecanismo de defensa, comer produce placer y cuando te sientes mal esa es tu manera de sobrellevarlo, de sentirte mejor— respiró profundo —¿Cuándo fue la última vez que hablaste con tu mamá?— Érica se encogió de hombros —¿Cuándo fue la última vez que hablaste con alguna de tus hermanas, o con tu papá?

—Ellos no quieren hablar conmigo, no tengo ganas de sentarme con ellos y discutir mi vida privada.

—¿Por qué consideras que no forman parte de tu vida privada?

—¿Qué quiere decir?

—Tu misma lo dijiste "No tengo ganas de sentarme con ellos y discutir mi vida privada". Te pregunto ¿Cuál es, según tú, tu vida privada?

—Yo...— balbuceó —No sé, mis intimidades.

—¿Te refieres a Tomás? No tienes porqué contarles sobre tu vida sexual, no me la tienes que contar a mí y me comentaste hace dos sesiones que habían comenzado a tener relaciones.

—Yo solo...— volvió a tartamudear.

—¿Tomás conoce a tu familia?— ella negó con la cabeza.

—¿Por qué no?— Érica tragó hondo y expulsó una bocana de aire —¿Te ha pedido conocer a tu familia?— ella negó —¿Deseas que conozca a tu familia?

—Tal vez... en algún punto... no lo sé.

—¿Por qué no?— insistió. La mujer hizo silencio y clavo los ojos al suelo —¿Tienes miedo de que no le agrade tu familia?

—¿Por qué le agradarían? A mí no me agradan— y soltó una risilla que pretendió ser inocente.

—¿En qué momento cambió tu percepción sobre tus hermanas y sobre tu padre?— ella se quedó sin palabras. José se concentró en su cuaderno de notas y regresó un par de páginas — El diecisiete de enero me dijiste "Mi papá siempre me ha defendido de ella, la única razón por la que he logrado seguir adelante es por él". ¿En qué momento cambió esto?

—Ah...— balbuceó —Yo... no sé.

—¿Cómo es la relación de Tomás con sus padres?

—No los menciona— contestó rápidamente —Sólo sé que no son de aquí—

—¿Por qué crees que ocurra eso?

—Honestamente no lo sé.

—Hay varias posibilidades, pero solo podrás saber qué ocurre cuando le preguntes a él.

—No quiero meterme en su vida— dijo casi inaudible.

—Dime algo, ¿crees que sea posible que estés acomodando tu vida alrededor de él?

—No— se apresuró a contestar —Tomás me hace feliz... yo quiero hacerlo feliz.

—Muy bien, eso es natural— miró su reloj y apretó los labios — Érica, ¿cuál crees que es la diferencia entre acomodar tu vida y hacer feliz a la persona que quieres? Porque asumo que tienes sentimientos por este hombre— ella aceptó con la cabeza —¿Entonces? ¿Cuál es?

—No lo sé... no sé a qué se refiere— giró el rostro hacia la salida y se quedó mirando el reloj a un lado de la puerta.

—Te lo pondré un poco más fácil. En un día libre, ¿qué haces? ¿Qué te gusta hacer?

—No entiendo...— balbuceó sin dejar de mirar la puerta, pero al final lo sopesó con cautela —Dormir hasta tarde, ver la tele, leer algún libro pendiente.

—¿Y quién escoge esas actividades?

—Yo misma.

—Perfecto— respondió y tomó aire —Pero si tuvieras gripe, ¿qué harías? Digamos que tienes fiebre, dolor de garganta y congestión nasal en tu día libre, ¿qué tienes que hacer entonces?

—Tomar algún tipo de medicamente, tener reposo— titubeó y una vez más se tomó las mangas del suéter con nerviosismo.

—¿Quién dictamina lo que tienes que hacer entonces? ¿Tú o la enfermedad?— ella le hizo un puchero y exhaló con fuerza por la nariz.

—Tomás no es una enfermad— dijo crítica.

—No digo que lo sea— se defendió José —Digo que la diferencia entre acomodar tu vida alrededor de alguien y hacer feliz a alguien recae en cuán dañina sea la relación. Si crees que encontrarás una reprimenda al hacer lo contrario entonces es tóxico, si crees que no entonces lo estás haciendo por placer y sobre todo por ti misma, ya ahí es diferente.

—Mi relación con Tomás no es tóxica— le aseguró —Y siento que es algo muy bueno para mí, me hace sentir bonita y querida... nunca antes me había sentido bonita y querida. ¿Por qué está mal eso?

—Érica, ¿qué pasaría si en un caso hipotético Tomás falleciera? Esas son cosas que ocurren, va a pasar de un día a otro.

—Lo sé... no espero lo contrario— rehuyó de su mirada.

—Dime, ¿qué pasaría?

—No lo sé, no quiero pensar en eso.

—A lo que quiero llegar con esta pregunta es, que si Tomás es el único que te puede hacer sentir bonita y querida, entonces cuando él ya no esté tu seguridad y confianza va a desaparecer. Tú misma tienes que hacerte sentir bonita y deseada. No digo que tiene que ser de la noche a la mañana, tampoco digo que deberías terminar con este hombre. En realidad, no te estoy diciendo que "deberías" hacer nada, sino que te des una oportunidad a ti misma para ser el centro de tu universo. Haz que tu vida gire alrededor de ti. Tú eres la que tiene que vivir por el resto de tu vida contigo misma.

—Doctor Seville...— masculló ella ensimismada.

—¿Sí?

—Hace diez minutos terminó nuestra hora— Él suspiró y se levantó, se acercó hasta la puerta y la abrió.

—No te preocupes por el tiempo extra, era algo importante— se veía cansado, tal y como ella se sentía.

—Está bien...— murmuró.

—¿La espero para otra sesión?— interrogó aferrándose a la puerta de madera.

—No lo sé... realmente estoy indecisa— se encogió de hombros y salió del lugar sin mirarlo a la cara.

No quería admitirlo, pero las sesiones se habían vuelto incómodas desde que tuvo que empezar a mentirle a Tomás sobre lo que hacía por las tardes ese día de la semana. Todavía no había tomado el valor para confesarle sobre sus problemas emocionales, pero si se deshacía de las pruebas tal vez no tuviese que decirle. Todas las mujeres estaban en dieta, todas comían ensalada cuando salían con sus parejas, todas hacían ejercicio por motivos estéticos. ¿Qué diferencia había con ella? No era un secreto, no tenía por qué serlo. Llegó al escritorio donde se encontraba Molly, le regaló una sonrisa triste y apretada. La otra se la devolvió y aceptó la tarjeta de crédito que le entregaba. Ninguna de las dos dijo nada, ya le había comentado que no estaría viniendo más a las sesiones, era José quien no sabía cómo aceptarlo y Érica no quería presionarlo con eso. Solo dejaría de asistir. Ya lo había intentado con anterioridad y que Ana dejara de asistir a sus sesiones, como previamente le había advertido, era solo una excusa. No la había visto desde su última plática. Ella le había contado rápidamente que no estaba bien de salud, algún tipo de gripe la había recluido en su apartamento por unos días y desde entonces no habían vuelto a hablar. Quería decirle lo difícil que era adentrarse dentro de una relación seria sin ella, pero era como si dos mundos totalmente diferentes las estuvieran separando.

En la calle hacían alrededor de catorce grados y una brisa recorría toda la calle, haciendo que el suéter que tenía puesto se hiciese insoportable. Vio la primera llamada perdida en el teléfono y el corazón le dio un salto, era de Tomás y ya habían discutido al respecto. Esa era otra de las razones por las que había planeado terminar la terapia, ésta tenía un lugar demasiado importante y no quería que él se viese perjudicado. Para Érica, su relación solo sería una relación saludable si hacía los ajustes necesarios. No es que Tomás se lo hubiese pedido, o por lo menos no en voz alta y claramente, pero sabía que era lo necesario para ambos. Tomó el celular entre las dos manos y marcó el número de su teléfono. Él siempre la recibía con un tono dulce y cariñoso, a veces eso la ponía nerviosa, pero él nunca la confrontaba.

—¡Mi amor!— lo escuchó decir escandalizado —¿Qué paso? Me preocupé— dijo consternado.
—¡Nada!— se apresuró a asegurarle.
—¿Estás bien? No respondiste mis mensajes y siempre estás pendiente— Érica sintió un retorcijón de culpa en el estómago.

—Estoy bien, no te preocupes— insistió ella, pero Tomás no se rindió.

—¿Entonces por qué no respondías? ¿Necesitas que te ayude con algo?— Ella sabía que si no inventaba alguna excusa entonces nunca dejaría ir el tema.

—No, no, yo sólo...— meditó por un par de segundos — necesitaba venir a hablar con Ana... ella ha estado enferma y bueno... también me distraje en el camino y no escuché el teléfono ¿Estás bien? ¿Necesitas algo?— preguntó desviando la atención.

—¿Yo? ¡Si! Por supuesto, solo estaba preocupado. ¿Leíste mis mensajes?— interrogó dubitativo.

—¿Tus mensajes?... no, no he tenido el tiempo— miró la pantalla del aparato y vio la notificación de tres mensajes de texto.

—No importa— dijo y soltó una risa estruendosa.

—¿Seguro que estás bien?— interrogó pensativa.

—Sí, sí. Dije que estoy bien— y carraspeó antes de continuar — Sabes que la semana que viene es mi cumpleaños... sobre eso exactamente eran mis mensajes... quería saber si quisieras ir a conocer a mis padres ese mismo día, van a venir de visita— Érica comenzó a toser estruendosamente, se había ahogado con su propia saliva —Aaam... ¿Érica? ¿Estás bien?

—¡Si! solo fue... la sorpresa— y dejó salir una especie de risilla parecida a un silbido nervioso —¿Entonces? ¿La semana que viene? ¿Tus padres?

—Sí ¿Emocionante no?

—¡Claro! Es algo importante.

—Tranquila, mis padres te amarán— le aseguró con tranquilidad.

—La verdad es que es la primera vez que los mencionas— se le escapó y luego maldijo para sus adentros por ello mismo.

—No pensé que te interesara— se defendió.

—Claro que me interesa— le aseguró ella y comenzó a andar hacia la parada de bus.

—¿Estás segura? Porque tú nunca mencionas a los tuyos.

—¿No lo hago?

—No... he llegado a pensar que tal vez no tengas... o sea, no estén en el panorama— dijo con cautela y muy lentamente.

—Sí existen... es solo que...— suspiró frustrada mientras se llevando la mano desocupada a la frente.

—¿Qué ocurre?

—Mis padres son un mar de problemas y no quiero involucrarte en eso.

—Me imagino— Tomás tragó hondo y no supo qué más decir

—¿Entonces es un sí a la cena con mis padres?— ella asintió con la cabeza y después de unos segundo recordó que era una llamada.

—¡Sí! ¡Por supuesto!

—Perfecto, besos— se despidió él y cortó la llamada. Érica dejó salir todo el aire que venía reteniendo y comenzó a hiperventilar.

La mujer se sentó sobre la banca de la parada y respiró profundo y sonoro, con los antebrazos apoyados en los muslos y la cabeza gacha. No podía seguir haciendo eso, tal vez José tenía razón. Es decir, el doctor Seville. Pero ella no veía que Tomás fuese tóxico, tal vez un poco intenso, tal vez un poco exagerado, pero no tóxico. Tal vez era ella quien se volvía tóxica estando con él. Se sacudió las ideas de la cabeza y llegó a una conclusión, necesitaba discutirlo con Ana antes de tomar una decisión. Vio el bus a lo lejos y se levantó todavía agitada. El vehículo se detuvo delante de ella y ella lo abordó sin decir nada, pagó y se apresuró a sentarse en el primer sitio vacío que encontró. Estaba calientito allí adentro, era suficientemente cómodo en un frío día de primavera que todavía le recordaba a la temporada anterior. El bus iba casi vacío, pero olía a detergente barato, a colonia y a floristería. No sabía por qué estaban mezclado esos tres olores, pero era mejor que el olor del transporte público en verano. En esa época olía a sudor, a desodorante viejo y al vapor que suele despedir la gente en espacios cerrados. Érica odiaba el verano, lo odiaba cuando estaba con más sobrepeso y lo seguiría odiando ese año. No había aire acondicionado que resistiera esa cantidad de calor.

Érica observó el contacto de Ana en su teléfono, había pasado tanto tiempo desde que hablaron, y había sido tan extraño la última vez, las últimas veces incluso, que no sabía cómo empezar esa conversación. De todas formas, lo marcó y escuchó el sonido del repique con impaciencia. No respondió a la primera ni a la segunda, pero a la tercera escuchó su voz.

—¡Ana! Gracias a Dios. ¿Estás bien?

—Sí, Érica, ¿qué ocurre?— su voz se escuchaba plana y enojada.

—Yo... estaba preocupada. No he sabido de ti en mucho tiempo.

—Lo sé...— suspiró —No me he sentido bien últimamente... en ningún aspecto.

—¿Has ido al médico?— la otra dejó salir una onomatopeya afirmativa —¿Qué te dijeron?

—Influenza, ya se me quitará— tosió a través del teléfono —Tal vez sea otra cosa... a veces los médicos se equivocan— dijo con un hilo de voz.

—Espero que no sea nada más grave— dijo Érica preocupada.

—No debe serlo, igual voy al trabajo... solo que no tengo mucha vida social.

—¿Y de lo otro? ¿Cómo estás?— Ana masculló algo inentendible y carraspeó incómoda.

—Estoy bien... no lo sé— y un silencio denso si sintió en el auricular —No lo sé, Érica... Me siento peor que al principio y no sé por qué— la voz se le quebró y se calló.

—No sé qué decirte, Ana— admitió la otra —Yo tampoco me he sentido muy bien, incluso con Tomás conmigo.

—¿Por Víctor? Me dijiste la otra vez que apareció nuevamente.

—No, no es por él... pero sí apareció.

—¿Otra vez?

—No, no, otra vez no— sus pies jugaron entre sí en el estrecho espacio de su puesto —Pero estoy medio marcada, siento que cualquier cosa que haga puede llevar al mismo resultado.

—No juzgues a Tomás por lo que te hizo Víctor. Sé que es extraño que te lo diga yo, pero no todos los hombres son iguales.

—No pensé que escucharía eso de ti— Y soltó una carcajada lastimera.

—Lo sé, yo tampoco. Pero sabes que tengo un hermano que jamás le haría a su esposa lo que me hicieron a mí, y un papá que siempre adoró a mi madre por encima de todas las cosas. La cosa es que ni tú ni yo hemos tenido suerte— y ella también dejó salir una risilla triste.

—Tal vez yo la tenga...— suspiró Érica.

—Pero no con esa actitud— y chasqueó la lengua antes de toser una vez más.

—¿Segura que estás bien?

—Sí, sí, claro que estoy bien. Tal vez debería irme— titubeó, pero Érica no quería terminar allí.

—Creo que voy a dejar la terapia— respondió como si se quedara sin tiempo.

—oh... ¿Sí?— el autobús pisó un bache y Érica rebotó contra el asiento —¿Y eso?

—No me siento cómoda y no quiero mentirle a Tomás sobre a dónde voy.

—¿Y por qué le mientes?

—No es que quiera mentirle— se excusó —Es que la Érica que va a terapia y tiene que hacer dieta todos los días de su vida es tan patética— suspiró desesperanzada —Yo no quiero ser ella, no quiero que él conozca a esa yo.

—Esa Érica es una gran mujer— le corrigió su amiga —Es peleadora y deberías apreciarla— la mujer sintió cómo le venían las lágrimas a los ojos y se restregó la palma contra estos antes de que algún extraño la viera llorar.

—Gracias... Tal vez tengas razón.

—No tal vez. ¡Estoy segura de que tengo razón!— y esta vez se rio con más alegría.

—Bueno, sí, sí, tienes razón.

—¿Entonces vas a decirle la verdad?— interrogó Ana.

—Sí, pero no sé si antes o después de su cumpleaños— el autobús se detuvo y una pareja de ancianos subió con calma al vehículo. Érica se les quedó mirando con ansiedad y tal vez un poco de envidia.

—¿Cuándo cumple?

—La semana que viene— chasqueó la lengua y continuó —¿Tú qué crees?

—¿Qué harán por su cumpleaños?

—Yo quería que estuviéramos solo los dos, pero tenemos una cena con sus padres— exhaló con desesperación y apoyó la cabeza en el asiento de adelante.

—¿Tan pronto? ¿Cuánto llevan juntos así tipo oficial?

—No lo sé... dos o tres semanas— cerró los ojos y se concentró en el bambolear del autobús —¿Es muy pronto no?

—¿Tú crees que es muy pronto?

—Honestamente no lo sé, pero él me gusta y no quiero echarlo a perder.

—¿Qué crees que ocurra si no lo complaces?

—¿Por qué todo el mundo me pregunta eso?— interrogó alarmada —¿Acaso hay algo que no estoy viendo?

—No, no... tú eres la que sabe y por eso te pregunto.

—No creo que pase nada— mintió esperanzada.

—Entonces dile— dijo con sencillez.

—Es su cumpleaños, Ana, no puedo hacerle eso.

—Buen punto— aceptó inquietada —Bueno... uno hace locuras por amor, tú puedes hacer ésta— Érica soltó un gruñido.

—No me hables de amor en este momento— dijo y comenzó a susurrar de repente —Él comenzó a enseriarse de la nada cuando comenzamos a tener relaciones—su voz era solo un murmullo.

—¿Qué?— preguntó sin entender.

—Que... todo... empezó... cuando... comenzamos... a tener... relaciones— respondió entre dientes.

—¿Qué? ¡Sácate esa papa de la boca!— se quejó fastidiada.

—¡Que todo comenzó a enseriarse de la nada cuando comenzamos a tener relaciones!— exclamó molesta e inmediatamente se arrepintió al darse cuenta de que los dos ancianos que acababan de subir al autobús, así como un adolescente, un señor de lentes y una mujer más o menos de su edad, comenzaron a mirarla extraño. Ella les regaló una sonrisa nerviosa y se concentró en la ventana a su derecha.

—¿Todo el mundo te escuchó no es así?

—Sí, que vergüenza— y Ana carcajeó como un pájaro macho y en celo —Te odio tanto a veces— le soltó amargada.

—Lo sé y no me importa— y continuó riendo.

—Me tengo que ir antes de que me sacrifiquen aquí— Ana se despidió y la mujer se guardó el teléfono en el bolsillo.

Érica se levantó de un tirón y se acercó a la puerta del bus, todos la observaban o por lo menos así se sentía. Respiró hondo y se concentró en las imágenes que se movían por la velocidad del bus. Cuando su parada estuvo cerca, apretó el botón y el conductor se detuvo justo a tiempo. Ella se bajó justo en frente del supermercado en donde ella y Tomás se habían conocido. Pasó por el frente y recorrió a pie las dos cuadras que la separaban de su hogar. Llegó muerta de frío y al entrar a su casa pasó directo al jardín donde Chaplin la esperaba. Había crecido un poquito, pero aun así no llegaba a ser un perro demasiado grande. Daba saltitos en su lugar, giraba sobre su propio eje y le ladraba con finos y delicados ladridos. El perrito ya había conocido a Tomás, pero no parecía que se llevaban muy bien. Se sentó en las escalerillas que daban al diminuto patio y él fue directo a su regazo.

—¿Tú qué crees que debo hacer?— comenzó a hablar sola — ¿También crees que me estoy apurando con esta relación, que estoy acomodando mi vida a él?— Chaplin la miró confundido —Yo sé que la última vez tuvo un ataque de celos, pero los hombres son así, no lo pueden evitar— suspiró desesperanzada —No quiero estropear esto, no quiero morir sola y gorda— él se apretó contra ella y la invitó a acariciarlo —Tú también eres así, me pides afecto todo el tiempo. Y bueno... él también me da afecto a mí— le rascó detrás de la oreja con una mano y con la otra le acarició el pelaje blanco y negro —Así que si él quiere que conozca a sus padres eso haré ¡Sí! ¡Eso haré!— exclamó decidida mientras se levantaba con Chaplin en brazos —¿Eso haremos no es así?— lo levantó a la altura de su rostro y le dio un besito sobre la nariz —¡Tienes esa nariz húmeda Chaplin! Hace un frío horrible y tú transpirando— se quejó entre risa, pero lo volvió a besar y a abrazar —Vamos a adentro, no quiero que te congeles. Esta mañana estaba lindo, pero ya no.

Entró a la casa y cerró la puerta corrediza detrás de ella. Depositó al perrito en el piso y comenzó a mirar la alacena. Últimamente no había tenido ganas de organizar su dieta así que había comenzado a simplemente saltarse comidas y a morirse de hambre. A decir verdad, sus habilidades en cuanto a fuerza de voluntad iban mejorando y la ansiedad que le causaba toda la situación de Tomás se manifestaba de una manera muy distinta a la de la ansiedad que su madre había ayudado a crear. Ahora se acostaba en el mueble de la sala, cubierta con una frazada, a tratar de no pensar en nada, ni siquiera en las ganas de comer o en el hambre. Su nutricionista la iba a matar, pero todavía no le tocaba cita con ella y podía hundirse en sus dudas y ansiedad sin ser juzgada.

# 7. FRÁGILES BURBUJAS DE JABÓN

El apartamento de Tomás olía a pastel de chocolate y pato a la naranja. Érica se había tomado la molestia de hacer todo ella misma. Había llegado con un día de antelación con ambos brazos llenos de víveres y una sonrisa de agotamiento en el rostro. Tomás, sin embargo, no se veía tan feliz como ella esperaba. Se preguntaba si había ocurrido algo, si se había enterado de algo o si la fecha lo ponía de mal humor. De todas formas, Érica estaba determinada a no perder la motivación y hacer que su primer novio real tuviese el mejor cumpleaños que ella pudiese darle. Y allí estaba, en la noche anterior del gran día cubierta de harina y jugo de naranja. Esa semana no había ido a terapia y tampoco había respondido las llamadas de José. Sabía que la llamaría en calidad de "amigo", que estaría preocupado por ella, pero temía que se lo tomara demasiado personal. Como si fuese algún tipo de fracaso para su carrera. Pero la decisión estaba tomada, ella y Tomás eran felices y ya no había mentiras en el medio.

Érica se acomodó el delantal por la cintura y dejó una mancha de grasa en los pantaloncillos que se había puesto para cocinar. El apartamento de Tomás era enorme, un piso amplio con dos habitaciones, un patio central que conectaba a una salita en desnivel hecha con tablillas de madera. Tenía una terraza que daba a la zona vieja de la ciudad, y de noche podían ver las callecillas llenas de turistas caminando debajo de pequeños bombillitos que iban de un lado al otro de la calle. Era la primera vez que estaba allí y todavía no terminaba de maravillarse con los colores de la vista y el sonido de la calle un viernes por la noche. Tomás la miró con seño en la frente, cada vez se veía más molesto.

—¿Está todo bien?— él apretó los labios antes de responder y seguidamente soltó un suspiro.

—No— ella esquivó sus ojos y fingió una sonrisa y una risita nerviosa.

—Todo va a salir bien, te lo prometo— pero no lo volvió a mirar a la cara mientras él se resignaba a pasear de un lado al otro de la cocina soltando gruñidos que creía que nadie más escuchaba. Érica se sacó las manoplas después de sacar el pato de uno de los hornos y con un gesto de nerviosismo se acomodó la melena risada detrás de las orejas y de la cinta que tenía en la cabeza. Le regaló una sonrisa que casi parecía una mueca de dolor y se sacó el delantal de un tiró mientras avanzaba a paso rápido hacia el baño. Antes de llegar a la puerta ya su visión estaba completamente nublada por las lágrimas. Pasó el seguro de la puerta detrás de ella y tomó una bocanada de aire. "No exageres, Érica". se dijo a sí misma. Pero las lágrimas le brotaban como ríos y no sabía cómo pararlo. Perdió la noción del tiempo sentada sobre el inodoro mientras arrancaba cuadritos de papel higiénico para secarse la cara y soplarse la nariz. Parte de ella esperaba que él fuera a verla, pero había hecho algo y no sabía qué. ¿Era tal vez demasiado? ¿Había malinterpretado las señales? Respiró profundo y se levantó para verse al espejo. Tenía los ojos hinchados y la nariz le goteaba. Abrió la canilla y dejó correr el agua por unos segundos antes de limpiarse la cara con ella. Estaba fría, helada, pero hacía que su piel se sintiera menos hinchada que al principio. Cerró la canilla y fue directo al picaporte. Era de metal, como todas las decoraciones del baño, pero hacía que todo se viera frío y tétrico.

Tomás estaba sentado en el suelo, a un lado del marco de la puerta, con la cabeza entre las rodillas y ambas manos tocando el suelo. Ella lo miró sorprendida y pensó que tal vez ella se había imaginado todo. Los gestos, los gruñidos, todo.

—¿Estás bien?— preguntó ella y él se levantó de un salto con cara de pánico.

—Sí— respondió rápidamente.

—¿Entonces qué haces allí?— le salió con amargura.

—Te fuiste como si nada, ¿estabas hablando con alguien?— Ella lo miró sin poder creerlo ¿De eso se trataba todo? ¿Era otro ataque de celos?

—¿Qué? Ni siquiera tengo el teléfono conmigo— explicó al tiempo en que tanteaba los bolsillos.

—¿Segura?— insistió él. Se veía ofendido.

—Ya va. ¿Qué hice para que te pusieras así, para que pensaras que estoy en tu baño escondida hablando con alguien más?— Comenzó a caminar hacia la cocina, pero él le cortó el paso.

—Parece que estuvieras tratando de compensar por algo...— y las últimas palabras le salieron en un murmullo desconfiado.

—Es tu cumpleaños, en los cumpleaños se hacen estas cosas— y volvió a intentar volver avanzar, pero él la tomó por las muñecas

—¡Está bien!— gruñó ella —¿No quieres tu patético almuerzo? ¡No haré ningún almuerzo!— gritó y se sacudió de su agarre. Tomás, desconcertado, no pudo moverse de su sitio mientras ella se alejaba en dirección a la cocina. Cuando finalmente logró reaccionar, la siguió con un nudo en la garganta.

—¿Qué haces?— logró decir mientras la veía rumiar de un lado al otro de la cocina —¿Lo vas a botar?— ella se detuvo y lo contempló sin comprender. ¿Cómo podía pasar de ser un hombre dulce y encantador, a ser un ogro celoso y antipático? Había pasado toda la noche tratándolo de hacer feliz y no había hecho un solo esfuerzo para que compartieran. Pero ahora que ella se quería ir Tomás parecía transformado.

—Guardo todo, Tomás— soltó en un suspiro de cansancio.

—Pero es mi cumpleaños— su voz era una fina línea triste y lastimera.

—¿Qué?— chilló sin entender —¿Qué te pasa?— insistió y volvió a moverse por la cocina. Él no respondió, se dio la vuelta y caminó en silencio hacia su habitación.

Érica lo observó alejarse, antes de girarse lo había visto apretar los labios y aguantarse las ganas de gritar. Pero ahora solo se iba. Eso la hizo desistir, si se marchaba no lograría aguantar la culpa. No sabía por lo que estaba pasando, pero no podía dejarlo así. Soltó lo que tenía en la mano y lo siguió. Llegó a la habitación y lo encontró de cuclillas a un lado de la cama, no hacía ningún ruido perceptible a sus oídos, pero ella sabía que algo ocurría. Se sentó a su lado, sobre el suelo, puso su mano encima de la suya y esperó. Tomás se acercó casi de manera imperceptible, al punto en que sus piernas y hombros se tocaban. Le apretó los dedos bajo los suyos en un gesto desesperado y ella le regaló una sonrisa apretada. No supo cuánto tiempo pasaron así, no quería romper ese silencio mágico y acogedor que los envolvía, pero tenía que preguntarle.

—¿Está todo bien?— su voz fue un murmullo, pero él dio un respingo muy leve al escucharla.

—Sí, lo siento.

—¿Qué fue lo que pasó entonces? ¿Qué tiene de malo que yo quiera hacer esto por ti en tu cumpleaños?— Él suspiró y dejó salir un sonido gutural.

—Antes de ti solo tuve una novia, de toda la vida. La única mujer a la que había besado, la única mujer con la que me había acostado. Conocía a mis padres, a todos mis amigos, a mis familiares— Érica tragó hondo con una sensación de incomodidad, pero no lo interrumpió. —No sé cómo duramos tanto, pero cada vez que ella se encamaba con alguien más, hacía estas... estas demostraciones de afecto súper espontáneas que me volvían loco. Yo de verdad pensaba que me quería. Es decir, fueron más de siete años juntos. Pero solo se limpiaba la consciencia y aparentaba que no me había engañado con alguien más.

—¿Por... por qué no la dejaste antes?— balbuceó.

—Yo...— tartamudeó —Yo no fui quien la dejó— chasqueó la lengua con frustración —En algún punto lo sospeché, pero tenía miedo...— la voz se le quebró —Al final me dejó por otro— se restregó la cara con ambas manos y se apretó más a Érica.

—Tomás... Yo no soy ella, si te hago un almuerzo por tu cumpleaños entonces es porque quiero hacerlo. Porque me hace feliz hacerte feliz— Tomás asintió y acercó su rostro al hombro de la mujer. Ella lo escuchó respirar profundamente, como si intentara mantener la compostura. La tomó por las manos, las acarició entre las suyas y luego avanzó hasta sus muslos. Érica puso su mano sobre la de él y apoyó su cabeza sobre la suya. Lo sintió ronronear como un felino hambriento. Tomás levantó su rostro lo suficiente para que sus alientos chocaran. La agarró de la mano y la empujó hacia él, haciendo que sus labios chocaran con ansiedad. La besó como si ella fuera una bocanada de aire fresco. Le devoró los labios mientras la tomaba por el rostro y el cuello. Érica se pegó a él, aferrándose a cualquier pedazo de tela que encontrara. Lo haló por el borde de la camisa hasta que estuvo lo suficientemente cerca. Las puntas de los dedos le ardían al contacto con su piel. Su lengua sabía a las cenizas de la vida que había tenido que destruir y reconstruir. No le importaron los gritos, la actitud, la pelea. Solo quería tenerlo entre las piernas, sentir que sus pieles chocaban, sudadas y ardientes. Tomás iba recorriendo el camino de sus muslos hasta sus glúteos, los apretaba, acariciaba y se sumergía en el deseo y la lujuria que le consumían. Ella lo invitó a continuar mientras los besos se convertían en sonidos guturales y escandalosos. Lo rodeó con ambas piernas y mientras lo tomaba por el cuello, ambos cuerpos descendieron los suficiente hasta que ella pudo descansar la espalda sobre la alfombra. Tomás saboreó su cuello, sus hombros, su pecho enrojecido por la pasión. Se inmiscuyó entre el escote de la franelilla de la mujer y degustó el interior de sus pechos. Ella le acarició el cabello y lo dejó juguetear con sus senos mientras lo apretaba entre sus piernas. Él la sintió moverse debajo de ella, sus caderas replicando el movimiento que harían si él la estuviese espoleando desde adentro. Eso lo volvía loco, la expectativa de penetrarla y hacerla suya una vez más. Tomás volvió a sus labios e introdujo una mano bajo la ropa, le acarició la curva de la espalda y de los pechos. Apretó uno a la vez y ella jadeó al contacto. La sensación le recorría desde el abdomen hasta la vagina. Rápidamente, la despojó de la franelilla y después liberó los broches del corpiño. Sus pechos quedaron al aire y él no pudo evitar ir directo hacia ellos. Se llevó un pezón a la boca sin dejar de hacer contacto visual y acarició la punta con su lengua un poco antes de succionar con fuerza. Ella soltó un gemido fuerte y claro, como respuesta, él afianzó el agarre y succionó con más fuerza. El gemido se hizo un poco más violento y le clavó las uñas en la espalda. Tomás la soltó mientras ella respiraba erráticamente. Le sonrió con malicia y pasó al otro, repitió el proceso, pero esta vez deslizó una de sus manos hasta el interior de sus pantalones. Érica dio un respingo cuando lo sintió introducirse entre su entrepierna mojada por el deseo, pero se relajó al percibir su apetito devorador. La mujer intentó contener las ganas de gemir, se mordió un labio mientras todos los músculos de su cuerpo se relajaban por el placer. Sus caderas y piernas se movían rítmicamente, al compás con el movimiento de los dedos del hombre. Si él seguía así, en cualquier momento acabaría, pero antes de llegar a la cúspide, él la soltó y la observó jadeante. La contempló sin aliento, con la piel blanquecina desnuda y llena de pecas, a su merced. No se acercó a sus labios, sino que la terminó de despojar de los pantalones y la invitó a hacerle lo mismo a él. Ninguno de los dos se movió del suelo alfombrado. En cambio, se quedaron allí, en silencio, o casi. El ambiente estaba inundado por el sonido de sus respiraciones y sus cuerpos calurosos y sudados se encontraban a penas iluminados por un leve destello que se colaba por la puerta entreabierta. La atrajo hacia él y la sentó sobre su regazo. Ella le abrió las piernas y se posicionó erguida, con la espalda curveada, sobre su pelvis. Lo hizo con la mayor delicadeza que encontró, para no lastimar el miembro del hombre. Se recargó sobre sus propias rodillas por unos instantes, mientras tomaba el pene entre las manos, sin dejar de verlos a los ojos. Él resollaba expectante e hizo un sonido gutural cuando sintió como su miembro era introducido con cuidado en las húmedas paredes de la vagina. No logró contenerse ni un poco más y comenzó a moverse de arriba abajo mientras Érica se movía de atrás hacia adelante, jadeando y gimiendo por el roce del pene dentro de ella. <<Más duro>> le rogó ella casi inentendible y el hombre soltó un gruñido mientras la espoleaba con más fuerza. <<Si>> chilló ella y se aferró al cuerpo de la cama detrás de ellos mientras las fuerzas le abandonaban el cuerpo. Cuando la visión se le nubló, ella ya había acabado y Tomás la miraba con lujuria y picardía en los ojos. Se abrazó a él mientras la sensación de éxtasis le invadía todo el cuerpo y después de un rato pudo sentir el semen dentro de ella. Ambos estaban exhaustos, y se separaron bañados en sudor y con la piel ardiendo de placer. Ella se acurrucó a su lado, sin importarle que todavía estuvieran sobre el suelo de la habitación. Él, en cambio, se levantó desnudo y con el miembro todavía erecto, marchó hasta el baño. Érica lo observó irse con una pequeña sensación de culpa. ¿Había estado bien? ¿Se había aprovechado de su dolor? No era algo que no hubiesen hecho antes, pero, ¿había sido esta vez por puro placer o para olvidar a alguien más? No supo qué alternativa era mejor, pero se levantó sintiéndose inmensamente pesada y gigante. Retiró las sábanas y cobijas, y se cubrió con ambas e intentó quedarse dormida antes de que Tomás regresara.

***

Abrió los ojos todavía adormilada, no podía sacudirse la sensación de ser excesivamente pesada y torpe. Intentó levantarse de la cama totalmente desorientada, pero todo el peso de encima se lo impedía. Después de varios minutos y antes de comenzar a desesperarse, logró restablecer el control de sus extremidades y comenzó a moverse entre las sombras de su propia habitación. Supo que era de madrugada, pero no se molestó en mirar el reloj sobre la mesita de noche. Se movió torpemente a través de su habitación y hacia la puerta que comunicaba con el pasillo, la cabeza le dolía con demasiada intensidad y sus brazos y piernas le parecían como los de otra persona, alguien extraño y ajeno. De todas maneras, se hizo paso hasta las escaleras y bajó sin pensarlo hasta la sala. La vio allí, con los ojos vacíos, rojos y resecos de tanto llorar. Una sensación de culpa le subió por el esófago y hasta la garganta. Le supo amarga y tuvo que luchar con todas sus fuerzas para no vomitar.

—¿Ana?— se escuchó decir, pero la mujer sentada en el sillón ni se inmutó —¿Ana? ¿Qué pasó?— insistió, pero volvió a surgir el mismo efecto. Érica trató de avanzar un par de pasos hacia ella, pero era como si su cuerpo estuviese anclado al suelo. Intentó concentrarse en los detalles de la muchacha, en la piel tostada y el cabello revuelto —Por favor, Ana. Dime algo— Rogó asustada, pero no hubo ningún cambio. Érica la escaneó en busca de alguna herida y la encontró en las muñecas. Tragó hondo, asustada, muerta de miedo, eran pequeñas líneas casi imperceptibles. Pero las marcas no se detuvieron allí, las heridas se hicieron más grandes y los brazos de Ana comenzaron a llenarse de sangre, gota a gota. El rojo le cubrió los antebrazos al tiempo que se escuchaba el pequeño murmullo que salía de la garganta de Ana. Era una risa triste, nerviosa, casi patética. Érica logró dar dos pasos en dirección a la mujer, pero cuando volvió a mirar la sangre se había extendido al camisón de dormir y sus muslos. Ana empezó a sollozar con más fuerza, mientras usaba el dorso de las manos, empapados de sangre, para secarse las lágrimas que le salían a trompicones. —No, Ana, no— le advirtió y todo el peso de su cuerpo se deshizo y Érica terminó de alcanzar el sillón donde estaba su amiga —Por favor— chilló atemorizada, con una línea de voz casi inaudible. Las manos le temblaban cuando intentó ayudar a Ana, levantándole las muñecas en el aire para que la sangre dejara de salir con tanta fuerza. No funcionó, y en cambio, terminó con la cara llena del líquido carmesí. Se escuchó llorar a sí misma y de un momento a otro Ana ya no estaba, era ella sentada en el sillón, con las muñecas abiertas y la cara empapada. Se detuvo al darse cuenta, pero la desesperación seguía allí, ¿qué estaba pasando? Se preguntó envuelta en pánico. Miró en todas direcciones en busca de Ana, de Tomás, se suponía que estaba en casa de Tomás, no en la suya. Trató de enfocar la vista en sus heridas, pero la realidad era borrosa y le costaba concentrarse en los detalles.

Escuchó una voz decir su nombre, llamarla. <<Hola>> gritó ella con desesperación, pero la voz había parado, como si nunca hubiese existido. <<¿Hay alguien?>> volvió a intentar, pero no sucedió nada. Tragó hondo, respiró profundo y trató de calmarse. Podía escuchar su propia respiración cuando volvió a oír la voz que la llamaba. Se levantó de golpe del sillón y observó con detenimiento toda la sala. ¿Dónde estoy? Se preguntó y después de unos segundos con la mente en blanco, lo entendió. "Esto es un sueño, esto es un sueño" se dijo a sí misma y se echó al suelo de rodillas, mientras se abrazaba a sí misma. Cerró los ojos desesperada, pero la imagen no se iba ni se difuminaba. "Voy a despertar, voy a despertar", volvió a insistir y antes de poder decirlo otra vez escuchó el repiquetear de un teléfono. No transcurrieron ni dos segundos antes de que estuviese de nuevo en la cama de Tomás, desnuda y bañada en sudor.

***

Le costaba respirar cuando logró retomar la consciencia. Se dejó sumir en la espesura del colchón y las sábanas debajo de ella, tanteó el espacio hasta que encontró al otro lado de la cama, el cuerpo de Tomás, completamente dormido. Tomás no roncaba ni hacía ruidos al dormir, era como estar en la misma cama que un muerto. Después de varios segundos comprendiendo lo que la rodeaba, cayó en cuenta de que el teléfono seguía sonando. Su brazo izquierdo se alargó para alcanzar el aparato y como pudo atendió la llamada. Se lo llevó a la oreja y con la lengua todavía adormilada e inútil, trató de hablar en voz baja. No obstante, solo le salió un murmullo inentendible.

—¿Érica? Gracias a Dios, finalmente atiendes— era una voz masculina y tardó varios segundos en reconocerla.

—¿José? ¿Qué... qué haces? Son las...— verificó el reloj del celular

—Son las tres de la madrugada— Se llevó el brazo libre al pecho, asegurándose de estar bien cubierta. Sabía que no estaba allí, pero no quería que la viera en ese estado.

—Lo sé, lo siento mucho por llamarte a esta hora— comenzó a disculparse —Pero es una emergencia.

—¿Co... como tienes mi número?— interrogó para hacerse la desentendida, como si él no hubiese llamado antes.

—Está en tu historial, no fue mi intensión atacar tu privacidad— explicó con nerviosismo.

—Bueno..., ¿en qué lo puedo ayudar?— se incorporó sobre la cama sin dejar de cubrirse con la cobija, y echó un vistazo a su acompañante, quien seguía en los brazos de Morfeo.

—Mi tía me llamó preocupada...

—Ya va... ¿Quién? ¿Y cómo eso tiene que ver conmigo?— lo interrumpió.

—Mi tía es la terapeuta de tu amiga, Ana— le aclaró —Ana envió una carta de suicidio a su email— Érica sintió como el corazón se le caía a los pies y volvía a su lugar, latiendo como el de un caballo desbocado.

—¿Qué?— gritó para sus adentros y no pudo evitar que las primeras lágrimas espontáneas comenzaran a inundarle el rostro

—Eso no puede ser posible— comenzó a murmurar y buscó

inmediatamente la aplicación del correo electrónico en la pantalla del celular. Las lágrimas le empañaban la visión y luchaba para que los sollozos no le atravesaran la garganta. Cuando la aplicación terminó de guardar, lo vio. Un único correo, con el asunto "ADIÓS" en mayúsculas —No, no, no, no— se levantó de la cama como si hubiese sido impulsada por un resorte y sin soltar el teléfono comenzó a buscar en el suelo las prendas que Tomás le había quitado la noche anterior —No, no, no, no, no, no— siguió repitiendo hasta estar completamente vestida. José no había insistido en seguir teniendo la conversación, pero seguía del otro lado del auricular, esperando por ella —¡Aló!— gritó ella una vez estuvo fuera del cuarto en el que Tomás seguía dormido.

—Sí, Érica, sigo aquí.

—¿Qué hago...?— la voz se le quebró y tuvo que sentarse para no caerse a pedazos ahí mismo.

—Mi tía ya llamó a la policía, encontraron a Ana y está en estado crítico en el hospital— un silencio le siguió a esas palabras, ella sabía que era para no decir algo que empeorara la situación —Yo estoy aquí, mi tía está aquí, pero queríamos saber quién es su contacto de emergencia— Érica estuvo a punto de atragantarse con su propia saliva, pero logró responder.

—Ese sería John, su hermano mayor.

—¿Crees que podrías localizarlo?

—Sí, sí, yo hablo con él de camino para allá— colgó la llamada sin despedirse y marcó el número del hombre. No lo veía desde hacía dos navidades, pero sabía que si Ana necesitaba a alguien antes que a nadie era a John.

Érica le daba vueltas y vueltas al asunto, pero no había manera de que lo entendiera. ¿Cómo era posible que Ana hiciese algo como eso? ¿En qué mundo Ana se lograría quitar la vida? Se echó a llorar mientras esperaba el taxi frente al edificio de Tomás. Esa parte de la ciudad estaba muy bien iluminada por la noche y los altos edificios apenas la dejaban ver el cielo. En momentos como esos, necesitaba ver el cielo. Se sentía tan indefensa e impotente y no se quería imaginar la sensación una vez viera el rostro de su amiga. Intentó mantener la compostura antes de subir al vehículo e indicó la dirección. El taxista se limitó a asentir y a conducir. Las calles comenzaron a estar cada vez más llenas de autos y la espera hasta el hospital se hizo cada vez más agonizante. Todos los escenarios le pasaron por la mente, temía el momento en el que el teléfono vibrara en el bolsillo de su abrigo y fuese José, con la noticia de que Ana no lo había logrado, no había sobrevivido. Pero no pasó. Solo había silencio, y el conductor, y las calles todavía oscuras por la ausencia del sol. Recordó la noche en que ella y Ana habían visitado un bar y ella se había sentido tan miserable que quería que todo acabara. Pero no se imaginaba quitándose la vida. ¿Desde hacía cuánto Ana había estado luchando con eso? Porque de todas las personas que conocía, ella era la última candidata para hacer algo como eso. Pero lo había hecho, entonces, ¿qué tanto la conocía realmente?

El taxi se detuvo frente a la puerta principal del hospital universitario. Érica le entregó el dinero y saltó hasta la acera con desesperación. Corrió casi sin ver por dónde iba y cuando llegó a recepción ya estaba tan alterada como cuando José la llamó a las tres de la madruga. Su voz era más alta de lo necesario y apenas lograba sacar algo coherente de entre los labios. Una enfermera intentó socorrerla, pero cuando sintió sus brazos alrededor de ella, se quebró. Las lágrimas les salían a borbotones y nada de lo que decía era comprensible. La gente comenzó a mirarla, las enfermeras y doctores que pasaban por allí bajaban la velocidad para saber qué ocurría y luego seguían su camino. Érica estaba consciente de cómo se veía, pero no podía detenerse. Mientras más intentaba controlarse, más perdía el control. José llegó hasta ella trotando desde el otro lado de la sala. Había salido por un pasillo que comunicaba, a través de un ventanal, con un pequeño ecosistema de planta decorativas.

—¡Erica!— gritó él por encima de la voz de la mujer. Ella siguió sollozando, pero ya no intentaba explicarse ni encontrar direcciones —Érica, mírame— le ordenó al punto en que la tomaba por el rostro y trataba de hacerla concentrarse solo en él. Ella asintió y comenzó a respirar por la boca —Eso es, mucho mejor— le acarició el cabello en un gesto protector y la tomó por el antebrazo —Respira profundo, ya John está aquí— ella asintió —Eso es, Ana está estable por el momento. Ella va a estar bien, Ana va a estar bien— ella siguió respirando con la boca, pero después de un par de segundos, volvió a perder la compostura. Esta vez lo hizo en silencio.

José le rodeó los hombros con un brazo y se la llevó hacia los asientos dispuestos a la derecha de la salita. Se sentaron uno al lado del otro y mientras Érica lloraba, José intentaba reconfortarla. La mujer perdió la noción del tiempo después de los primeros diez minutos, pero sabía que no podía ir a ver a Ana en ese estado. Estaba devastada. Cuando se cumplieron los primeros veinte minutos, su acompañante se incorporó y estudió su rostro.

—Muy bien, Érica, ¿ya estás mejor?— interrogó. La mujer asintió y tragó saliva. —Ahora tenemos que ir al piso cuatro, allí está Ana— le explicó y se puso de pie. Érica lo observó brevemente y lo imitó —Eso es, sígueme— y la tomó del brazo.

El hospital universitario era un edificio alto y circular que conectaba con varios edificios más pequeños a los costados. En el área central había tantas plantas que Érica había perdido la cuenta al verlo a la distancia. El interior era un cúmulo de plantas, pasillos, quirófanos, salas de espera, consultorios, jardines y oficinas. Había sido creado hacía más de cincuenta años, después de que los hospitales más chicos de la zona más nueva de la ciudad ya no dieran abasto. Érica no solía ir mucho por allí, ella vivía en la parte casi olvidada, más allá del coro urbano. Pero Ana vivía casi llegando al centro y éste era el hospital más cercano. Olía, como todos los hospitales, a productos de limpieza y fármacos. El olor se adhería a las paredes color ocre y se negaba a irse. Los pisos no eran ni muy altos, ni muy bajos. Aunque siempre estaba la excepción de la recepción y las salas de esperas más grandes. Los pasillos estaban conectados, mediante ventanales, a pequeños jardincillos que a su vez conectaban por un sistema de riega a un jardín central, junto al área de la cafetería general. Desde allí podías ver todos los pisos que se erguían hacia un tragaluz. La mayor parte del edificio central del hospital universitario estaba destinado para habitaciones y consultorios, además de las áreas comunes para residentes y médicos. Érica odiaba los hospitales, por ninguna razón particular, pero odiaba el ambiente, el olor, el sentimiento que se le metía por la piel una vez adentro. Pero no podía ir a ningún otro lugar, Ana estaba allí, ella debía estar allí.

José la hizo subir a un ascensor y marcó el botón número cuatro. El pequeño cubículo estaba atestado de gente y la mujer luchó con todas sus fuerzas por controlar la sensación de encierro y desesperación que la acogía allí adentro. Miró a José, de soslayo, como si no fuese su intención. Él le regaló una triste sonrisa, pero sus ojos fueron inmediatamente al frente y se concentraron en los botones que se adherían a la pieza de metal. Cuando el ascensor finalmente llegó hasta el cuarto piso, su estómago se sintió como una bola dura y pesada por la premonición. Analizó la sensación y las imágenes del sueño se le vinieron a la mente, no podía ser posible. Tal vez ella lo había visto, se había dado cuenta, pero había decidido hacerse la ciega. ¿Podría ser todo eso, en parte, su culpa? No quiso ni pensarlo dos veces, ya se sentía bastante mal por la noticia, no se quería sentir peor.

—¿Cómo te sientes?— preguntó José, una vez ambos estuvieron en el pasillo.

—Horrible, pero no se trata de mi— respondió arisca.

—Érica, sé que no quieres hablar, pero no te puedo dejar entrar allí adentro si estás hecha un desastre emocional— le advirtió interponiéndose en su camino.

—José, ya no eres mi psicólogo— él sopesó el comentario antes de responder.

—Lo sé, pero todavía me ves como tu terapeuta, incluso te cuesta tutearme.

—¿Eso que tiene que ver?

—Así como todavía no puedes deshacer la relación que teníamos antes, yo tampoco puedo. Por lo menos no por el momento, así que, si me preocupo por ti ahora, tienes que saber que lo hago porque genuinamente quiero ser tu amigo, pero no puedo apagar el interruptor de terapeuta de una vez. No te pregunté como tu psicólogo, te pregunté como alguien que no quiere verte lastimada, o que se perjudique la salud de Ana— Érica respiró profundo y asintió, no tenía nada que decir ante eso. José se retiró lentamente y ambos reemprendieron la marcha hacia la habitación.

Cuando llegaron, John estaba allí. Érica lo había visto en un par de ocasiones, pero parecía una persona completamente diferente. La mujer caminó lentamente hacia la figura fantasmal del hombre. No se atrevió a hablar, las palabras se le atoraban en la garganta. Respiró profundo y se sentó a su lado, ni José ni su tía se animaron a intervenir. Érica se moría por ver a la mujer en la habitación, pero sabía que no podía hacerle eso a su hermano. El hombre se revolvió el cabello mientras intentaba respirar, era como si intentara procesar toda la situación en su cabeza y no lograra entenderla. A ella le había pasado exactamente igual.

—Érica...— susurró con el alma quebrada —¿Qué ocurrió?

—Me pregunto exactamente lo mismo— admitió derrotada.

—Sabía que las cosas con Samuel estaban muy mal ¿Pero hasta este punto?— se limpió la nariz con el dorso de la mano.

—Ninguno de los dos se dio cuenta, John. No intentes buscarle una explicación.

—¡Necesito una, Érica!— gritó enfurecido. Se movió incómodo en el asiento y se echó a llorar con sollozos lastimeros y ahogados.

—John... John— lo rodeó como pudo con los brazos —Ana va a despertar y va a necesitar que seas el mejor tú posible. ¿Ok?

—Yo... yo no puedo verla ahora— balbuceó sin parpadear.

—¿No has entrado?— él negó con la cabeza —¿Te han dicho algo los doctores?

—Sí, tuvieron que hacerle un lavado de estómago porque tuvo una sobredosis de analgésicos.

—Oh por Dios— exclamó y se llevó ambas manos a la cara.

—¿De verdad está pasando, Érica? ¿De verdad Ana intentó suicidarse?

—Estoy en las misma que tú, John. No lo puedo creer.


Su cuerpo estaba en ese angosto pasillo con paredes color ocre y olor a lejía, pero su mente recorría cada recuerdo que compartía con Ana en busca de alguna señal. Al final, las terribles imágenes de la pesadilla eran lo único que le quedaban. Se preguntó si podría ver a Ana en ese momento, más por ella misma que por su amiga. ¿Estaba en el estado apropiado para verla? No, tal vez no atravesaba la misma crisis que John, pero se la imaginaba entubada, sedada, siendo arrullada por el sonido de las máquinas y sabía que si entraba se derrumbaría. Necesitaba hablar primero con la tía de José, era muy probable que no obtuviese mucho, pero valía la pena intentarlo. Se levantó sin decir a donde iba, sin siquiera despedirse, y marchó a paso rápido por la misma vía que los dos terapeutas habían tomado. Los corredores se veían todos idénticos y la gente parecía repetirse y multiplicarse en cada rincón. Trató de llegar a las escaleras de emergencia, pero luego recordó que tenía el número telefónico de José entre las llamadas entrantes de su celular. Se detuvo en medio del camino y buscó dentro del aparato. Marcó el número y esperó con el auricular en el oído. Repicó tres veces e inmediatamente la mandó al buzón de voz. <José, es Érica, ¿siguen en el Hospital o ya se fueron? Necesito hablar con tu tía...> el mensaje quedó cortado justo en el momento en que ella lo logró divisar a lo lejos con dos tazas de café, una en cada mano. Tenía la frente arrugada de concentración y daba pasos lentos y dubitativos. Ella corrió hacia él y obtuvo una inmediata sonrisa de su parte.

—¿Qué ocurre? ¿Ya viste a Ana?— interrogó al tiempo en que le entregaba una de las tazas de café. Ella negó con la cabeza y miró a su alrededor, tal vez la terapeuta de Ana estuviese cerca.

—No, tal vez no estoy lista para verla. Hablé con John y...— respiró profundo —Ni él ni yo entendemos por qué hizo lo que hizo y...— se mordió el labio antes de permitirse llorar.

—Ay Érica— soltó José antes de rodearla con uno de sus brazos en señal de protección. —No le busquen una explicación, esto no tiene nada que ver con ustedes. Ana es una mujer adulta que toma sus propias decisiones. Si ella sintió la necesidad de ya no vivir más, entonces eso es completamente su responsabilidad. Hay muchos factores que pudieron llevarla a tomar esa decisión, pero eso solo lo puede responder Ana misma— Érica lo sospesó por unos largos y agonizantes segundos. De todas formas, quería hablar con la mujer que había sido su terapeuta. Si alguien había notado que algo estaba mal con Ana, esa era ella.

—Necesito hablar con tu tía, si alguien sabía por lo que estaba pasando Ana era ella— José asintió meditativo.

—¿Sí sabes que mi tía no puede decirte mucho debido a la confidencialidad entre el médico paciente no?

—Me arriesgaré, todo lo que ella pueda decirme será bienvenido— José asintió con la cabeza y buscó entre los contactos del celular. Ella no dijo nada más, sino que esperó paciente por el resultado de la llamada.

—¿Aló? ¿Tía Matilde?... Sí, ya estoy yendo para allá ¿Tú ya te fuiste?...— pasaron cinco segundos —Ah ok, ¿cuán apurada estás?... Será breve, Érica quiere hablar contigo... Creo que en persona será mejor— se encogió de hombros y asintió un par de veces antes de colgar la llamada y guardar el teléfono en el bolsillo.

—Nos verá frente a la habitación de Ana, de todas maneras, no creo que despierte todavía. El doctor dijo que la tendrían sedada por el momento.

Recorrieron el camino de regreso a paso rápido. El café se bamboleaba dentro de los vasos de plástico y poco a poco se iba enfriando. Érica dio un sorbo antes de enfrentarse a Matilde, estaba nerviosa por lo que podría encontrar. José no tocó la bebida, y en cambio, se la entregó a un cabizbajo y distante John que apenas pudo murmurar un agradecimiento.

—Matilde, gracias por acceder a hablar conmigo— dijo sin esperar un solo segundo en cuanto los alcanzó a los tres.

—No tienes que agradecerme, de todas maneras, te ibas a enterar— Érica pestañeó confundida.

—¿A qué se refiere?— la mujer le dio un vistazo a la figura del hermano destrozado, la tomó por el brazo con delicadeza y elegancia, y la instó a buscar un sitio más privado para hablar.

—Voy ahorita mismo a dar una declaración en la comisaría.

—¿Por qué? ¿Sobre qué?— interrogó escandalizada.

—Tu amiga, Ana, estaba pasando por una etapa difícil, pero en ningún momento llegó a considerar el suicidio. Se sentía mal, pero no era depresiva. Si hubiese sido así, le hubiese prescrito antidepresivos, pero ese no era su caso.

—¿Está completamente segura?— la mujer asintió.

—Tenía muchas razones para vivir y dudo mucho que esto haya sido un suicidio.

—¿Insinúa que fue un intento de asesinato?

—No lo insinúo, estoy segura— Érica se llevó ambas manos a la boca y dejó salir un largo suspiro.

—¿La policía tiene algún motivo para creer que fue así también?— la mujer volvió a asentir.

—No puedo dar detalles de eso, pero he sido llamada a declarar. Pienso que es muy probable que el lugar donde encontraron a Ana, se parecía más a una escena del crimen a que cualquier otra cosa.

—Oh por Dios...— exclamó anonadada —Pero, ¿quién podría hacerle algo así a Ana? Ella es más buena que el pan dulce— intentó no gritar ni descontrolarse. Si John se enteraba de eso, la desesperanza se convertiría en ira desaforada.

—Eso ya es trabajo de la policía, yo no puedo estar señalando culpables— La señora se metió las manos en los bolsillos y le regaló una mirada compasiva antes de continuar —Lo importante es que Ana sigue viva, mientras ella siga así el caso seguirá abierto como un intento de asesinato y no un asesinato como tal.

—Sí, por supuesto— asintió violentamente y se volteó a observar el panorama que formaba aquel pasillo de hospital.

—Yo me tengo que ir, pero no pierdas de vista a Ana— le advirtió la mujer, dio medio vuelta y se fue.

Érica se dio media vuelta y enfrentó a John y a su imagen desgarradora. Se dijo a sí misma que debía ser fuerte por el momento, ya después la policía informaría al hombre, ese no era su trabajo. Le regaló una sonrisa triste y forzada a los dos hombres que la miraban expectantes desde los duros e incómodos asientos del corredor. Avanzó hasta ellos y le dio una mirada de complicidad a José, él lo notó, pero no hizo nada al respecto.

—¿Qué pasó, Érica?— interrogó John con esperanza.

—Nada, solo quería hacerle un par de preguntas a Matilde— José asintió con la cabeza, pero evitó hacer comentarios —Voy a pasar a verla. ¿Te parece bien?— John se giró hacia la entrada de la habitación e intentó decir algo al respecto, no le salió nada, apenas un leve asentimiento acompañado de la misma mirada perdida y agobiada —No pasa nada si no entras justo ahora— trató de reconfortarlo.

—Lo sé, yo solo... quisiera ser capaz de hacerlo.

La mujer no encontró nada que decirle, enfrentó el umbral y se acercó. Llevó la mano derecha al pomo metálico y abrió la puerta. Podía sentir el corazón en el estómago, mientras el vello de la piel se le erizaba. La vio al fondo de la habitación. El cuarto estaba apenas iluminado por una lámpara luminiscente en la pared junto a la cama. Era un rectángulo pequeño y sobrio, con paredes rosa pálido y cortinas de estampado. Había una puerta al lado derecho de la cama, que Érica asumió llevaba a un baño privado. El pitido de las máquinas estaba silenciado, pero podía ver el monitor ser atravesado por los latidos del corazón de su amiga. Ana descansaba sobre una cama alta y Érica podía ver un tubo que le entraba por la boca y se adhería a un costado de sus labios con cinta adhesiva. Se mordió el labio sin saber si continuar su trayecto hacia ella o si era mejor que se alejara. ¿Quién podría haberle hecho algo así' ¿Qué era lo que había ocurrido y tendría eso algo que ver con el hecho de que decidiese tan abruptamente dejar la terapia?

<Ana, por Dios. ¿Qué fue lo que te pasó?> susurró confundida. Dio dos pasos en su dirección y se detuvo al tiempo que analizaba el rostro de la mujer. Parecía otra persona, pero estaba segura de que era ella. Tal vez estaba acostumbrada a Ana siendo Ana, en esa cama ella parecía, en cambio, una muñeca lastimada, rota y frágil. Érica quiso evitar quebrarse en ese justo momento, pero le parecía imposible, sentía que le estrujaban el corazón y los labios

no dejaban de temblarle. Si era así para ella, no quería imaginarse qué sucedería si John entraba y la veía en ese estado. No quería conformarse con esa sensación de impotencia, pero ¿qué podía hacer en medio de ese desastre? Ana había dejado de contarle sobre su vida, la había echado poco a poco, con la suficiente sutileza como para que no se diera cuenta. Al principio había pensado que era su culpa, que tenía que ver con sus decisiones amorosas, pero ahora se daba cuenta, debía haber algo más que los desacuerdos sobre su vida sexual. Recordó aquella conversación sobre Samuel y la recaída de Ana. ¿Tendría él que ver con lo que estaba sucediendo? Érica y él se habían conocido durante la universidad, era realmente un príncipe en resplandeciente armadura, en ningún momento la había hecho dudar de su naturaleza. No obstante, eso no lo detuvo al momento de serle infiel. <Ana, ¿qué fue lo que pasó?> logró decir en voz alta. Se acercó a uno de los asientos para visitantes y lo arrastró hasta un lado de la cama. Se sentó sobre él y tomó la mano de la mujer entre las dos suya. Esto no podía estar pasando, no a Ana, no a John.

Se reclinó sobre el cabezal del silloncito y decidió que podía descansar los ojos un momento, después de todo, la habían sacado de la cama a las tres de mañana. Si descansaba unos treinta minutos se sentiría un poco mejor. Tal vez hasta podía dormir un poco más, Ana estaba sedada y no se despertaría hasta un par de horas después. Era lo mejor.

✳✳✳

La luz le dio directo en los ojos cuando una mujer en uniforme de enfermera descorrió las cortinas al otro lado de la habitación. Érica se despertó todavía adormilada y tuvo que esperar varios segundos para que los eventos de la madrugada le regresaran de golpe. Buscó inmediatamente a Ana sobre la cama de hospital y

114

soltó el aliento que había estado conteniendo cuando vio la línea irregular en el monitor. La enfermera, que revisó que todo estuviese en orden dentro de la habitación, le regaló una sonrisa reconfortante y continuó con sus tareas. Cambió el suero que se conectaba al brazo de Ana, revisó la vía y anotó algo en la carpeta de la paciente.

—¿Está todo bien?— interrogó Érica.
—Por el momento sí...— la enfermera soltó un largo suspiro y terminó de leer la hoja con una expresión de tristeza.
—¿Ocurre algo?
—No... pero la pobre criatura...— y soltó otro suspiro desalentador.
—¿Qué... qué tiene?— preguntó alarmada.
—Oh... yo no me refería a su amiga— y se concentró en la hoja médica. Terminó de hacer un par de apuntes y se dirigió a la puerta.
—No entiendo.
—Su amiga estaba embarazada— soltó finalmente y se marchó.

Érica podía escuchar los latidos de su propio corazón acompañado con un pitido que le parecía separarla de la realidad. Tragó hondo, la boca le sabía amarga. ¿Ana había estado embarazada? ¿Había sido por eso que había intentado acabar con su vida? Lo sopesó por varios minutos antes de tomar el coraje y revisar la hoja médica. <Tres meses> leyó en voz alta. Érica contó hacia atrás, había quedado embarazada entre octubre y noviembre, justo para la fecha en que se había encontrado una vez más con Samuel. No podía ser de otra manera, el bebé debía ser de él. Se llevó la mano al bolsillo y buscó el móvil. Quería marcarle a Matilde, pero no tenía su número. Verificó que Ana siguiera dormida y cuando lo comprobó, avanzó hacia a la puerta y la abrió. La cerró detrás de ella y buscó a José con la mirada. No lo encontró ni a él ni al hermano de Ana. ¿Dónde se habían metido?

Buscó entre los transeúntes alguna enfermera, pero antes de interceptar a alguna, el teléfono comenzó a sonar a todo volumen. Lo sostuvo ante sus ojos y vio la foto de Tomás como identificación. Soltó una maldición en voz alta y se preguntó si debía o no contestar. Después de tres segundos asfixiantes se decidió por responderle la llamada.

—¿Aló?— vaciló ella con nerviosismo.
—¡Erica!— exclamó él. Ella no pudo identificar si era de alivio o enojo.
—Lo siento tanto, Tomás. Por irme así, tuve una emergencia.
—Son las nueve de la mañana ¿A qué hora te fuiste? ¿Te costaba tanto dejarme una nota o algo?— Érica lo sintió nervioso y airado.
—Sí, tienes razón. No lo pensé, yo solo...— se le quebró la voz.
—¿Tú qué?— le gritó, tan fuerte que ella tuve que alejar el auricular de su oreja.
—Por favor, no me grites— le pidió mientras buscaba algún lugar más privado para hablar —Estoy en el Hospital Universitario— se explicó.
—¿A qué hora te desocupas?
—No lo sé...— tartamudeó.
—¿No sabes? ¿Qué puede ser tan importante que me estás dejando solo el día de mi cumpleaños?— volvió a maldecir, esta vez entre dientes.
—Lo siento mucho, Tomás. Feliz cumpleaños.
—Sí, sí, muchas gracias ¿Ahora qué hago yo con todo el desastre que dejaste en la cocina? Todavía hay cosas que no están lista ¿A qué hora planeas que comamos?
—El almuerzo...— brotó de sus labios como si fuese un recuerdo distante y lejano, casi inalcanzable.

—Sí, el almuerzo que preparaste a medias.

—En cuanto termine de solucionar esto voy para allá, te lo prometo. La mayoría de las cosas son para recalentar, no te preocupes— Tomás comenzó a balbucear cosas inentendibles y luego aceptó sin más remedio.

¿Cómo era posible que se hubiese olvidado del cumpleaños de Tomás? Se sentía fatal, pero no quería que Ana despertara y ella no estuviese allí para ella. Muy en su interior la posibilidad de que parte de todo eso fuese su culpa la estaba carcomiendo. Si ella hubiese estado más presente entonces no la hubiese dejado sola para enfrentar a Samuel por su cuenta. O por lo menos eso quería creer. Volvió a buscar con la mirada a alguno de los dos hombres, no encontró a ninguno. Regresó cabizbaja a la habitación y procedió a sentarse en el mismo lugar de antes, junto al borde de la cama y dándole la cara al sol que entraba por la ventana. Había un silencio sepulcral en esa habitación que le erizaba la piel y le encogía el estómago, transformándoselo en una piedra. Se reclinó contra el espaldar y esperó. El sol había dejado de atravesar el umbral de la ventana cuando un ruido gutural la despertó de su ensoñación. Érica se levantó alarmada y buscó con desesperación un botón de emergencia, estaba junto a la cama. La apretó constantemente hasta que perdió la noción de lo que hacía y sucedía a continuación. En su cabeza era toda una sobreposición de eventos, gritos, cuerpos, extremidades y uniformes. Los hechos se confundían unos con los otros y antes de que se diera cuenta de lo que realmente estaba pasando, ella ya estaba afuera del cuarto con una mirada perdida en el infinito. José la encontró ensimismada y aturdida. Traía en su mano una bolsita de papel marrón. John no estaba con él, pero ella no se había dado cuenta de su presencia.

—¿Érica?— interrogó confundido. Echó un vistazo hacia la puerta abierta de la habitación y se asomó con sutileza, solo para ver dos doctores atender a Ana con la ayuda de un enfermero. La primera era una mujer de cabello rojizo y ojos suaves y delicados, vestía de civil, pero llevaba como podía una bata blanca. La acompañaba un muchacho más joven y de uniforme quirúrgico —¿Érica?— volvió a insistir y tuvo que esperar varios segundos antes de que reaccionara.

—José... pensé que te habías ido.

—Fui con John a comprar algo para desayunar, él salió a fumarse un cigarro.

—Oh... no recordaba que él fumara.

—¿Qué pasó allí adentro?

—No... no lo sé— sus manos temblaban mientras trataba de expresarse mejor con ademanes.

—Respira profundo, un paso a la vez— le aconsejó.

—Yo estaba adentro un segundo y... y al siguiente estaba aquí, y no entiendo que pasó. Parecía.... parecía que estaba agonizando o algo así— las lágrimas se le salieron sin remedio, sus palabras poco a poco se iban convirtiendo en sollozos.

—No creo que estuviese agonizando, Érica— analizó el panorama con detenimiento. Ana estaba semi consciente y respiraba gracias a una mascarilla facial —Parece que se despertó antes de lo esperado y tuvieron que desentubarla de emergencia.

—Oh...

—Sí, esperemos que sea una buena señal— Érica se acercó vacilante a la puerta, pero sabía que no podía entrar en ese momento. Solo se quedó allí, expectante —Vamos, ya debieron llamar a la policía y van a querer hablar a solas con ella.

—¿A dónde iremos?

—A encontrar a John, a que comas algo y probablemente lo mejor sería que te vayas a tu casa y te cambies, tal vez podrías dormir unas horas.

—No— contestó cortante —Quiero hablar primero con ella.

—Ana está delicada, puede que haya recuperado la consciencia, pero está débil y las heridas internas no van a ser fáciles de sanar— Érica soltó un largo suspiro de derrota.

—Está bien, volveré para la tarde.

***

Revisó el reloj en su muñeca, sabía que estaba llegando media hora tarde, pero estaba llegando. Tocó el timbre una, dos, tres veces. ¿Sería posible que él se hubiese ido a recoger a sus papás? Tal vez debería haber llamado. Intentó una cuarta vez y preparó el teléfono celular para llamarlo. Antes de que pudiera marcar el número, la puerta se abrió de golpe. Tomás se veía histérico y alterado. Tenía la camisa llena de comida y un trapo de cocina colgado en el hombro. No hizo ningún comentario, pero Érica sabía que las cosas iban mal. ¿Era ese el momento adecuado para comenzar a disculparse?

—Siento tanto llegar tarde. ¿Tus padres ya están aquí?— él no respondió, sino que soltó un gruñido ambiguo —Tomás, sé que es mi culpa por no avisarte, pero no podía estar aquí hoy. Ana...— el hombre la interrumpió furioso.

—¿Sabes lo que he estado haciendo toda la mañana? ¡Cocinando mi propio almuerzo de cumpleaños! ¡Te dije que no quería nada de esto! que prefería que saliéramos a un restaurante, como siempre hago con mis padres. ¡Pero no! Tenías que arruinarlo todo— Tomás estaba claramente fuera de control, le gritaba lo más cerca que podía y daba manotazos al aire.

—Yo... yo lo arreglo— le aseguró, soltándose de su agarre. — Déjame ver que pasó.

—¡Eso ya no importa!— bramó desde la entrada, lanzando la puerta en contra del marco.

—Tomás, por favor. Déjame arreglarlo— los ojos comenzaron a llenárseles de agua y tuvo que pestañear con fuerza para no llorar.

—Esto no tiene reparación— insistió él. Inhaló con fuerza y soltó el aire —¿Sabes qué? No importa, mis papás van a llegar aquí en cualquier momento. Voy a limpiar, voy a pedir comida por teléfono y se acabó.

—Yo te ayudó— le aseguró sorbiéndose la nariz y comenzó a recoger platos y ollas.

—No, no entiendes— dijo a secas —Tú no vas a ayudar más aquí— a Érica se le encogió el corazón de un solo golpe — Necesito que te vayas... ve a hacer lo que estabas haciendo antes de venir, atiende tu emergencia y nos veremos otro día— Fue como si la estuviesen apuñalando directo en el corazón. Las palabras le habían salido de la boca con desdén y rencor. Sabía que lo estaba haciendo para lastimarla, su madre lo había hecho miles de veces cuando era niña. Parecía que era la única manera de obtener satisfacción.

—Oh...— logró articular, era lo único que podía decir mientras las lágrimas le caían por las mejillas.

Érica no refutó, no peleó ni trató de explicarse. Él no se lo había pedido, no le había preguntado cuál era su emergencia, poco le había importado. ¿Cómo alguien que en sus mejores momentos se veía como un ángel tenía cara de demonio en ese preciso instante? Salió en silencio del apartamento. Tal vez él estaba esperando que se quedara, que peleara un poco por estar allí. Pero ella ya no tenía energía para eso. Solo terminaría más destrozada.

# 8. CHOCOLATE PARA EL CORAZÓN

Se había limpiado el maquillaje de la cara antes de acercarse a la habitación. Si iba a ver a Ana, debía ser con la mejor disposición. Además, no tenía tiempo para malgastar en un desgraciado como Tomás. Estaba tan molesta e indignada que le costaba respirar. No sabía si era con él o con ella misma. ¿Cómo no se había dado cuenta de la verdadera piel de Tomás? Tomó el teléfono con las manos temblando y se animó a revisar su agenda. <Estúpida, estúpida> murmuró iracunda. Buscó el contacto y después de observarlo por unos agonizantes diez segundos, fue hasta las opciones y lo eliminó. <¿Quién se cree que es?> escupió antes de guardarse el aparato en la cartera y encarar la puerta de la habitación.

Eran alrededor de las cuatro de la tarde, cuando entró al cuarto y vio a Ana es posición fetal, abrazándose el vientre. La mujer la divisó, pero se negó a moverse o decir palabra. Érica no sabía cómo hablar con ella. ¿Quién era ella para juzgarla?, pero ¿cómo iba a tratarla como si fuese una muñeca rota y desgraciada? Ana debía seguir siendo Ana.

—No sabía que John fumaba— soltó como si nada. Ana levantó la cabeza y se le quedó mirando con una expresión de sorpresa. Apretó una sonrisa y suspiró.
—Sí, solo que no en frente de papá y mamá. Lo matarían— Érica se acercó hasta el sillón que había sido puesto en su lugar una vez más y se sentó.
—Su secreto está a salvo conmigo— y levantó la mano derecha en señal de promesa. Ana soltó una risita que terminó convirtiéndose en llanto. Érica se negó a decir algo más, si Ana quería llorar, ella no se lo iba a impedir. Le extendió su mano y la entrelazaron.

—Fui tan tonta...— sollozó y el llanto se intensificó —¿Sabías que Samuel se volvió a casar? El muy hijo de puta no iba a dejar que su nueva esposa se enterara de que su antigua esposa estaba embarazada— gruñó y bramó enfurecida.

—¿Fue él quien...?— Ana no respondió. Tal vez no quería admitir que lo había hecho bajo su propia voluntad, tal vez no quería admitir que alguna vez había amado a un asesino.

—Sí... se metió anoche a mi apartamento y me obligó a tomar dos cajas de ibuprofeno.

—Ana...— se quedó sin palabras —Ana, ¿qué va a pasar ahora?

—No lo sé, supongo que irá a juicio— se cambió de posición sobre la cama e inhaló profundo antes de continuar. —No pensé que terminaríamos así, al principio no quise decirle a la policía, pero lo perdí por su culpa y no pienso dejar que eso quede impune— Érica asintió. Pero no sabía qué agregar, así que prefirió el silencio. —Por lo menos una de las dos consiguió la felicidad, Eri— y apretó con fuerza su mano.

—Tranquila, que ambas estamos decepcionadas de los hombres.

—Yo no estoy decepcionada de los hombres, estoy decepcionada de Samuel.

—También funciona— y soltó una risilla nerviosa.

—¿Qué fue lo que pasó?

—Hoy es el cumpleaños de Tomás...— suspiró —Le preparé un gran almuerzo para celebrarlo con sus papás y por esta emergencia se enfureció... sin mencionar que ayer— se detuvo sin fuerzas —Ayer, fue toda otra pelea porque según estaba haciendo lo mismo que la ex. Que lo manipulaba, que le hacía la cena para encubrir algo diferente— se retiró el cabello del rostro con la mano libre y gruñó con frustración.

—Suena a que debe ver un psicólogo— apretó los labios en una fina línea y sopesó su siguiente línea. —No sé qué maldición te ha caído para encontrarte con tantos tipos con problema.

—Yo tampoco— se encogió de hombros. —Pero vamos a estar bien ¿No es así?— Ana asintió y se quedó mirando el cielo raso de la habitación.

***

Había olvidado el olor del consultorio de José. Cuando entró era lo primero que había notado, eso y lo mucho que le recordaba a él ese aroma. Era como una mezcla de papel guardado, cigarro, mental y té de canela y miel. Sabía que él no fumaba, pero se atrevía a decir que su padre sí lo hacía y que gracias a él, la oficina y el mismo José adquirían esa particularidad. Ana ya estaba fuera de peligro y Érica había decidido que era momento de continuar con la terapia, sobre todo después de lo que había ocurrido con Tomás. Seguramente hablarían de eso, se dijo a sí misma y tomó asiento en el cómo canapé que adornaba el centro de la oficina. Quería que las cosas volvieran a la normalidad, no obstante, ni ella se sentía igual desde todo lo ocurrido con Ana y Tomás, ni parecía que José se comportara de la misma forma. Sus ojos eran esquivos y sus modales y maneras extremadamente antipáticos. ¿Habían cruzado la línea entre lo personal y lo profesional en algún momento? ¿Podría ser amiga de su terapeuta?

—¿Has hablado con alguien sobre todo lo sucedido con Ana?— interrogó José abruptamente.
—No, no me ha parecido correcto mencionar algo tan personal sobre ella.
—¿Sobre ella o sobre ti?— insistió.
—¿A qué se refiere?
—No me refiero a lo sucedido como algo que le pasó a Ana, sino a tu experiencia durante ese período de tribulación.
—Perder a un amigo no es fácil, incluso si no la perdí... pero pensé que lo haría— admitió. —Verás, la muerte de los demás es algo que nos ocurre a los vivos, somos nosotros los que nos

quedamos atrás para llorarlos y extrañarlos, y pensar en que Ana no despertaría me hizo cuestionarlo todo.

—¿Qué quieres decir?

—Mi amistad con ella, cuánto he estado aportando a estar relación y tal vez a todas las relaciones que tengo o he tenido.

—Ya veo...— masculló y anotó algo en la libreta de siempre —Tengo entendido que tú y Tomás terminaron, ¿crees que también podrías haber dado más en esa relación?— Ella lo meditó unos segundos y trató de replicar.

—No lo sé, le he estado dando la vuelta estos últimos días, pero no logro responder eso.

—¿Por qué estos últimos días?

—Tomás se apareció hace una semana en mi trabajo, hizo un escándalo sobre por qué debíamos estar juntos.

—¿Cuáles fueron sus razones?

—Comenzó disculpándose por su actitud el día de su cumpleaños...

—¿Asumió sus errores?— interrogó.

—Dijo, y cito, "No debiste hacer eso, cariño, sabes cómo me pongo"— José la miró con una expresión que iba entre la sorpresa y la molestia —No voy a admitir que fui perfecta durante nuestra relación, pude haber hecho cosas mejores, pero si algo me enseñó mi relación con Víctor y toda esta terapia, es a reconocer gente tóxica— Se cruzó de brazos sobre el pecho y expiró bruscamente —No pensaba en volver con él, no lo pienso ahora.

—Entonces, ¿qué piensas de tu relación con él?

—Que debería escoger mejor a los hombres con los que salgo— titubeó. José soltó una carcajada y luego se aclaró la garganta tratando de adquirir más profesionalidad.

—Eso no estaría mal, pero te aconsejo lo siguiente— Se inclinó hacia adelante, al tiempo en que apoyaba el peso de su torso sobre los codos —Haz una lista de las personas que han entrado y salido de tu vida. ¿Qué cosas buenas y malas aprendiste de cada una de ellas? Evalúa tus relaciones actuales en base a ellas, ¿qué podrías hacer mejor, qué crees que mereces?— Érica asintió entusiasmada y sus ojos fueron directo al reloj que marcaba la finalización de la hora de terapia. José cerró la libreta y soltó un suspiro, mientras le regalaba una sonrisa forzada.

—¿Hasta la próxima, doc?— interrogó ella mientras se levantaba y tomaba su cartera. José vaciló un par de segundo y Érica no pudo evitar analizar su expresión.

—Te voy a referir a otro terapeuta— soltó él.

—¿Qué? ¿Por qué?— chilló sorprendida.

—Desde todo lo ocurrido con Ana nuestra relación profesional...— emitió un sonido gutural de frustración y continuó —Ya no es lo mismo y siempre deberías ver a un psicólogo que sea capaz de mantener la distancia.

—¿La distancia...?

—Sí, yo... yo me involucré demasiado— dejó la libreta sobre el asiento y se metió las manos en los bolsillos.

—Ya va... ¿A qué te refieres?

—¿Te conté que yo también voy a terapia?— ella lo miró sorprendida —No te alarmes, es bastante común entre terapeutas, nos permite continuar con nuestro trabajo— Se acercó a ella poco a poco —Le he hablado de ti a mi psicólogo y nosotros no solemos hablar sobre otros pacientes. Le hablé de ti como mi amiga, sobre mis sentimientos por ti...— su voz parecía ahora un murmullo desesperado. Érica contuvo la respiración mientras sentía que el corazón se le iba a salir por la boca —Por eso no puedo seguir con esto, es perjudicial para ti y para mí— Tomó un rizo rebelde de su cabellera y lo enredó entre sus dedos.

—Yo no...— intentó decir ella, pero no sabía cómo continuar.

—No importa— la acalló él —Tampoco era mi intensión incomodarte, solo quiero que seas feliz y que consigas la ayuda que necesitas. Yo no te la puedo dar, pero alguno de mis colegas sí. Pero...— tragó hondo y luchó porque las palabras no se le enredaran —¿Podríamos ser amigos?— Ella lo miró con los ojos brillantes y una sonrisa en la boca.

—No— respondió a secas.

—Oh...— soltó decepcionado.

—Pídeme una cita— demandó ella con arrogancia y una sonrisa de lado.

—¿Qué?

—Quiero hacer las cosas bien, invítame a salir— y sus dedos se acercaron con deseo a los de él.

—Érica...— comenzó. Pero no tenía ganas de replicarle. — Vayamos a ver una película, este viernes a las siete— Ella terminó de entrelazar los dedos y dio un paso en su dirección.

—Sí— respondió y se levantó de puntitas para alcanzar su mejilla y besarla.

La mujer se contuvo y dio media vuelta, salió por esa puerta mientras se aguantaba las ganas de besarlo y ser tocada por él. El corazón le latía tan rápido que solo podía escuchar un pitido en sus oídos. Recordó el día que lo vio por primera vez, lo que había pensado de él y la recepcionista. Gente hermosa, destinada a estar juntos. ¿Eso la convertía a ella en una mujer hermosa? ¿Podría ser eso posible? No le importaba, José le había dado cosas muchísimo más importantes.

¿Podría ser capaz de darle amor?

# EPÍLOGO

Sintió sus manos grandes y fuertes sobre su vientre. Le gustaba que le acariciara allí donde un bulto se formaba. Sus cuerpos yacían desnudos y transpirados. Le encantaba ver su piel junto a la suya, su miembro todavía excitado sin importar que ya lo hubiesen hecho dos veces esa misma tarde de verano. Habían pasado más de dos años desde que ella le había pedido que la invitara a salir, desde entonces ella no recordaba un solo día donde no hubiese un poquito de felicidad. El amor salva a las personas, se decía a sí misma, o por lo menos el verdadero amor. Sabía que no había sido José quien la había salvado, sino su amor por él. Se preguntó si llegarían a viejos y estarían igual de desnudos y deseosos el uno por el otro cuando tuviesen más de cuarenta años juntos. No quería preocuparse por el futuro en ese preciso instante, solo en la mano de su esposo sobre su vientre hinchado. Ésta recorría cada centímetro de su piel como si fuese un experto y al mismo tiempo un amante nuevo. Conocía cada parte de ella, cada lugar que la hacía retorcerse por las cosquillas y cada parte que la hacía gemir de placer. No obstante, cada vez que lo hacía, parecía un explorador nuevo y ansioso, con los ojos llenos de expectativas y curiosidad.

Amaba a ese hombre con cada fibra de su ser y no tenía la menor duda de que él la amaba a ella. Sobre todo, cuando gritaba su nombre en medio del orgasmo, cuando la agarraba por las nalgas y la acercaba a él, excitado y duro como un fierro. Había noches en que la buscaba deseoso como un animal, noches en las que solo quería abrazarla y contarle sobre cosas que iba descubriendo sobre la naturaleza humana. E incluso, había madrugadas en las que se despertaba movido por el instinto y la despertaba desesperado por hacerle el amor. Ella nunca le decía que no, su apetito era insaciable cuando se trataba de él. José tenía una manera de hacerla gritar que nadie nunca antes había descubierto. No era, solo lo que le hacía sino la manera en que lo hacía. Como si la reclamase como suya y le otorgase al mismo tiempo cada parte de su ser.

José descendió por el vientre hasta llegar entre sus piernas, le masajeó la parte interna de los muslos mientras le besaba el cuello y poco a poco se rodaba sobre ella, cuidando no lastimarla. Sus piernas se entrelazaban y él quedaba sobre ella por unos minutos, mientras poco a poco él se adentraba entre sus labios. Lo hacía muy lentamente y cuando conseguía estar adentro, ella comenzaba a mover las caderas de arriba a hacia abajo. Sus dedos se curvaban dentro de ella y Érica tenía que detenerlo para no llegar al orgasmo sin que fuese su pene el que estuviese dentro de ella. Ella lo empujaba, haciendo que él quedara sobre su espalda. Le gateaba por encima del pecho y se acomodaba sobre la pelvis, un poco más adelante del falo. Comenzaba a moverse con los labios abiertos, mientras José le acariciaba la espalda, los brazos, los rollitos a su costado que había dejado de intentar adelgazar. A él no le importaba, solo que ella fuese feliz y estuviese sana y saludable. Cuando la excitación subía a estados críticos, él la posicionaba sobre su miembro y él entraba hasta el final. Allí comenzaba él a espolearla por varios minutos hasta que exhaustos, sudados, excitados y al borde de la locura, ambos terminaban.

Érica amaba a eso hombre, incluso por más que el buen sexo que tenían. Lo amaba porque había decidido planear un futuro con ella, por la manera en que la miraba, por sus preocupaciones, por sus ganas de estar allí. Por entenderla cuando nadie más lo hacía, porque cuando ella se quería rendir él seguía allí, insistiendo. Por cada cosa que nunca pensó que podría merecer, pero que él le demostró que sí se merecía.

*~Fin~*

## OTROS LIBROS:

*Ese Pervertido y Yo*

Un extraño, para nada de su tipo, hace que Esther viva las experiencias más eróticas de su vida. Lo extraño es, que ese extraño, no es tan extraño como ella pensaba.

### *Bellaka Plus*

Julia, una mujer exitosa y adicta al sexo, acude a un reconocido psicólogo para solicitarle ayuda con un caso nunca antes visto en su carrera. A lo largo de la terapia, Julia descubre que la razón principal por la que ha acudido a consulta no es la única cosa de su vida que debe ser sanada. Mientras, su psicólogo descubre que tiene más implicaciones en el caso de su paciente de lo que inicialmente imaginó.

## Travesuras en el trabajo

¿Quién diría que hay tanto sexo a escondidas en lugares de trabajo? Margaret trabaja como editora de artículos de una revista. Cuando un compañero de trabajo le pide ayuda para seguirle la pista a un misterioso adinerado, Maggie tendrá que salir de la comodidad de su oficina y entrelazarse con una serie de situaciones y personajes, todos relacionados con un mundo sexual esotérico, tan abierto a los demás y tan inalcanzable para ella.

### *Puta a los 40+*

Luego de pasar 47 años bajo la sombra de un modelo de vida conservador que le obligaba a mantener celibato, y tras comenzar una vida nueva lejos de la presión familiar, Elena Casañas decide que es momento de comenzar a hacer las cosas diferentes. En el camino, se encuentra con nuevas formas de disfrutar de sí misma, forma lazos personales imborrables y descubre todas las cosas buenas que el sexo había estado preparando para ella. Pero, también se da cuenta de los choques personales que puede generar un cambio de paradigma, mientras todavía aprende a lidiar con lo que significa su nueva vida.

### *Puta y Perfecta*

Dos hermanas emprenden un viaje para conocer secretos sobre la sensualidad y los placeres de la vida, aprender a ser unas diosas en la cama. Pero una de ellas tenía motivos ulteriores y a medida que va avanzando la trama, más cerca estaba de lograr su cometido.

### *Ponte en Cuatro y Relax…*

Una maestra de yoga tiene un talento especial para trabajar con problemas de amor. Pero ese talento le está causando problemas a nivel psicológico, romántico y sexual… quizás ya es muy tarde para resolver.

## Perla Gizem